그냥 표류하다

도서출판
작가마을

그냥 표류하다

초판인쇄 | 2017년 10월 10일 **초판발행** | 2017년 10월 15일
지은이 | 라성자 **주간** | 배재경 **펴낸이** | 배재도 **펴낸곳** | 도서출판 작가마을
등록 | 2002년 8월 29일(제 2002-000012호)
주소 | 부산광역시 중구 대청로 141번길 15-1 대륙빌딩 301호
 T. 051)248-4145, 2598 F. 051)248-0723 E. seepoet@hanmail.net

국립중앙도서관 출판예정도서목록(CIP)

그냥 표류하다 : 라성자 수필집 / 지은이: 라성자. — 부산 : 작가마을, 2017
  p. ;   cm

ISBN 979-11-5606-082-6 03810 : ₩12000

한국 현대 수필[韓國現代隨筆]
814.7-KDC6
895.745-DDC23   CIP2017025813

그냥 표류하다

라성자 수필집

일상의 풍경과 그 안에서 만나는 사람들의 이야기

내 안에 갇혀있던 생각들이

환기구를 타고 흘러나갈 수 있는 소통의 기쁨

답답한 정신의 코르셋을 풀어주는 열쇠

미의식을 초월한 막사발 같은 삶의 행간을 박음질하듯

내 안의 거울에 비친 반사물을 엮습니다.

2017년 가을

라 성 자

라성자 수필집

• 차례

그냥 표류하다

라성자 수필집

・차례

그냥 표류하다

제1부

달, 숨소리

영상매체와 활자에 빗장을 걸고 지낸다. 가끔씩 이렇게 문명으로부터 벗어나 자연과 더불어 지내다 보면 영혼이 맑아지고 순수한 내 안의 세계와 만난다. 세상의 소요와 번잡을 벗고 조용한 칩거를 통해 자신을 읽을 수 있는 여백을 즐기는 피서법도 괜찮다.

계곡을 찾아가고 바닷물에 일상의 묵은 것들을 풀어놓고 심신을 방류하는 휴가철이다. 치열하게 일한 사람들이 누릴 수 있는 특권이지만 살면서 쉼표 찍기는 누구에게나 필요하다. 일정하게 소속된 곳도 없으니 천지에 백수인 나도 휴가의 글귀를 책상머리에 걸어두고 답답한 정신의 코르셋을 풀어놓는다. 대청 소파에 앉아 종일 언덕배기 나무들과 마주해도 좋고, 시절 인연 따라 피는 꽃들과 풋풋한 풀냄새, 꽁지깃 까불대는 동박새의 재롱을 보고 있노라면 심신이 그럴 수 없이 편안하다. 천지는 일망무제 초록이다.

이육사의 청포도 시詩 한 편을 대청에 걸어두고 휴가에 동행한다.

내 고장 칠월은 청포도가 익어가는 시절

이 마을 전설이 주저리주저리 열리고

먼데 하늘이 꿈꾸며 알알이 들어와 박혀

시구에 묻어나는 아련함과 누군가 청포를 입고 찾아올 것 같은 환상에 젖는다. 환상은 나만의 기다림이다. 기다림은 어떤 희망, 꿈, 새로운 무엇을 감추고 있지만 때론 허망한 슬픔이기도 하다.

무념으로 빈둥거리는 시간 속에서도 자아확장과 나를 버팅기게 하는 새로운 삶의 동력을 얻을 수 있다. 내 안에 시곗바늘이 늦은 하오의 시간에 바장이고 있다. 쓸모없음을 인식하면서도 보이지 않는 무엇에 끄들린다. 오랜 세월 혼신을 묶어놓고 조련하는 운명의 틀에서 벗어나기란 쉽지 않다.

잠깐 피었다 가는 망초꽃이나 짧은 생의 한가운데서 사랑을 찾아 애걸복걸하는 매미의 애절한 구애, 순환하는 계절의 일부라고 지나치기엔 가혹한 모순이란 생각이 든다.

무릇 생명이 있는 것들은 다 현장에서 각다분하게 시달려야 하고 어떤 목적과 의무에 매달려 있다. 왜 사는지에 대하여는 명확한 정의도 모르는 채 계절은 바뀌고 세월은 뒤돌아보지 않는다.

간신히 울음을 삼키며 스님과 찻상을 마주하고 앉았다. 먼 길을 떠난 그분의 49제를 막 마치고 정신도 추스르지 못한 상태였다. 존재 자체가 슬픔으로 일렁이는 여인에게 스님은 어떤 위로의 말이 없었다. 그분과의 인연은 여기까지이었다는 듯, 침묵으로 일관하시며 연신 차茶를 따라 잔을 여인 앞으로 옮겨 놓는다. 까만 재만 남은 영혼에 위로의 빛 한 줄기 갈망하는 슬픈 여인에게 시선을 멈추지 않으면서 무언의 치유를 하고 있었다. 그 강렬한 집중으로 슬픔을 다독이고 나아가 그것을 삶의 한계에 대한 이해로 승화시키는 것 같았다. 많은 시간이 지나고 깨달음이 왔다. 그리고 홀로 설 수 있게 되었다.

가끔은 외로울 때도 있다. 형체도 없는, 단지 느낌만으로 가슴 한쪽을 젖게 하는 그 알 수 없는 존재에 대하여 적인 듯 동지인 듯 아리송하다. 적당한 외로움은 자신의 속됨을 일깨우고 살피는 계기도 된다. 외로움을 타는 것도 위로를 받고 싶어 하는 것도 모두가 마음의 조화다. 달의 숨소리를 듣고자 하는 무심으로 속 뜰을 가꾼다면, 외로움도 위로도 허상일 뿐이다.

철부지 먹구름이 몰고 온 소나기 한 줄기.

아들이 들고 온 수박 한 댕이.

가마솥더위를 혼내는 최고의 위로다.

소소다실 笑笑茶室

 사람이 그립고 쓸쓸할 땐 찻물을 끓인다. 허기진 영혼에 고소하고 달콤한 너트쿠키 풍미를 담은 차 한 잔은 위로의 꽃이 된다. 뜨거운 찻잔을 두 손안에 받치고 있으면 따끈한 김이 오를 때의 그윽한 향기는 행복감에 젖게 한다. 행복감이란 나만의 도취요 희열이다. 시간에 목말라 쫓기던 시절엔 느긋하게 차 맛을 음미할 수 있는 여유도 없었지만, 강물 같은 날에 한 잔의 차와 마주하는 시간의 조촐한 정취는 무료함을 달래는 한 줄기 바람 같은 것.
 시중에 쏟아져 나오는 차茶 종류에 대한 상식도 부족하고 더구나 그 문화와 예절에 관한 것은 모르는 부분이 많다. 내가 차를 간수하고 음미하는 것에 의미를 둔다면, 한유의 여백을 함께 하는 도반. 현실과 이상의 불편한 합의점에서 방황할 때 잠깐 쉼표 찍기 같은 것.
 나는 커피를 마실 때 잔을 자주 바꾸는 변덕이 살짝 있다. 그 모양과 무늬, 색깔 등이 어느 때는 싫증이 날 때가 있기 때문이다. 옷을 갈아입고 거기에 어울리는 루주 빛깔을 선택하듯 나는 내 정조情調에 영합시켜 찻잔을 선택한다. 찬장 안에 옹기종기 모여 있는 찻그릇들 중에 내 변덕에 한 번도 부름을 받지 못한 묵은 잔을 보면서 나의 이 작은 위세가 얼마나 유치한 행동인지 나이를 생각하면 스스로 부끄러워진다.

부스스한 머리에 슬리퍼를 질질 끌고 와서 차를 마셔도 조금도 어색하지 않고 허물없이 지내는 친구가 이웃에 있다. 그와 나는 바라보는 방향이 맞고 정서의 가락이 맞고 둘의 화제가 원심을 향해 있어 좋은 벗이다. 소소다방笑笑茶房을 찾는 유일한 단골이다.

마음의 기능을 활발히 회복시키는 웃음. 인생의 향기이자 활력소인 웃음. 나이 듦에 웃음마저 인색해지고 생산되지 않는 감성의 회로에 충전하는 의미에서 소소찻집이라고 명명했다. "머리가 하얀 바리스타가 끓인 차 맛도 괜찮네" 너스레를 떤다. 나는 머그잔에 입술을 지그시 누른 채 행복감에 젖는다.

찻잔을 씻고 찻물을 끓이는 이 사소함이 나는 좋다. 연꽃이 그려진 청화 다관에 찻잎을 넣고 끓는 물을 붓는다. 다관 뚜껑을 살며시 닫고 잠깐 그녀의 표정에 스치는 눈빛을 본다. 파랗고 고운 입자들이 위로 아래로 정교하게 떠오르면서 깊고 그윽한 향기를 낸다. 찻물 가장자리에 어리는 투명한 연둣빛 부드러운 맛에 그녀의 어지러운 심사도 평온해지리라. 백화점에서 옷을 고를 때나, 미장원에서 머리 손질할 때나, 나이 듦에 차별을 받는다고 억울해하는 그녀의 하소연에 적당히 맞장구를 쳐주기도 하고, 흥분이 가라앉을 때까지 기다린다.

그녀는 많은 세월을 공직에서 보냈다. 조직적인 생활이 몸에 밴 그녀는 직선형이라고 표현하는 것이 맞는 사람이다. 정권이 바뀌면서 자리에서 물러났다. 세상살이란 때로 흔들리기도 하고 하나 더하기 하나가 하나 반도 되는 어거지 세상 물정을 받아들이지 못한다. 마냥 손 놓고 있을 수만 없어 퇴직금으로 사업에 뛰어들었다가 몇 십 년 공무원살이가 날아가 버렸으니 작은 일에도 울컥하는 심정을 나는 이해한다. 어쩌다 소주잔 마주하고 앉으면 공수래공수거의 철학을 되씹곤 한다. 강물처럼 조용하고 은은한 성품은 아니지만 인생을 소중히 여길 만큼 성숙함과 수수한 멋은 있는 친구다.

사월 열사흘 모란이 문을 활짝 열었다. 가슴 풀어헤치고 익은 분 냄새 철철 풍기는 모란의 유혹, 아침이슬로 매끈해진 꽃잎, 열두 달 숨겨온 모란의 열정을 나 혼자 감당할 수 없어 친구를 불렀다. 무소불위로 밀려오는 세월의 횡포를 어쩌겠는가. 나이 듦은 무척 억울한 징벌 같은 것이지만 모란꽃 아래에서 차 한 잔 하자고.

어떤 반란

　저녁 식사 초대를 한 친구가 조금 늦을 거라고 손전화기에 문자를 해왔다. 생일도 아니고 훌렁훌렁 밥을 사는 친구도 아닌데 무슨 사연인지 생각을 더듬고 있을 때 문 밖에서 '늦어 미안해' 하는 친구의 목소리가 들렸다. 낯선 남자와 동행이었다.

　조용한 일식집에서 만나자고 한 그녀의 속내를 알 것 같았다. 약간 상기된 얼굴로 그 남자를 친구라고 소개했다. 맙소사! 칠순에 남자 친구라니. 더구나 네 살 아래인 연하남이란다. 그녀의 능력인지 저 남자가 콩깍지가 씐 것인지 요지경이란 말이 생각났다. 말쑥한 양복차림에 반백의 노신사는 좀 어색한 표정으로 인사를 한다. 순간 그 남자를 스치는 외로운 바람은 무엇을 의미하는 것일까. 생의 회랑을 칠십 번이나 돌아오는 동안 한순간도 곁눈 판 적이 없는 그녀의 틈새를 저 남자는 어떻게 들어갈 수 있었을까. 그녀의 머릿속 내비게이션이 고장 난 건 아닐까. 나는 머릿속이 복잡하고 혼란스러워 식사를 하는 둥 마는 둥 먼저 자리에서 일어났다.

갑자기 변해버린 그녀의 심중을 헤아릴 수 없어 몇 날을 멍청이로 보냈다. 그녀와 나는 인내의 세월을 견뎌온 동병상련의 동지다. 우리의 속 뜰에는 빗장이 없었다. 작은 일도 소리통을 타고 건너와 웃기도 하고 억울해하기도 하면서. 온전한 가정의 성립을 위해 갖춰야 할 지지대가 빠져버린 위축된 삶을 서로 위무하고 남다른 연민으로 보듬어주면서 징검다리를 건너왔다.

바라보는 눈빛으로 봐서 그 남자가 그녀의 마음 한 자락을 차지한 것이 짧은 기간은 아닌 것 같다. 어찌 내게는 감쪽같이 비밀이었을까. 어떤 연유로 인연이 맺어졌는지 궁금하기보다 사랑이라는 복잡한 감정의 회로에 윤활유가 남아 있었다는 것에 다행이란 신호를 보내고 싶다. 마른 사과처럼 가을 억새처럼 물기 없이 사위어 가기엔 지난 세월이 너무 억울했을까.

그녀는 딸만 둘을 두었다. 마음속에 소금항아리 하나 묻어두고 외부와의 소통에 빗장을 걸었다. 오로지 새끼들 배불리 먹이고 남에게 뒤떨어지지 않게 공부시키고 그것만이 최선인 양 안간힘을 쏟는 동안 저 인생은 아주 멀리 와 버렸으니 쓸쓸하고 적적했을 것이다. 선생 노릇하는 큰딸과 비행기를 타고 하늘 길을 다니는 작은딸. 늘 엄마를 혼자 있게 했다. 저들은 멀리 있었다.

박완서 작가는 '못 가본 길이 더 아름답다.'고 했다. 우리가 사는 일상이란 판 박아 놓은 것 같이 늘 반복되는 권태로운 길이다. 길은 직선과 곡선이 있다. 직선은 통쾌한 기분도 있지만 냉혹하고 비정한 면도 있다. 곡선은 여유와 인정과 운치가 있다. 삶의 지혜는 느림 속에 싹이 튼다. 좀 모자란 듯 한구석 덜 채워진 구석이 있어야 사는 맛이 난다. 그 길이 가장 내밀한 영역인 아름다운 길이지 싶다.

그녀는 설렘과 기대 속에 새로운 길을 떠난다. 긴 시간의 벽을 뚫고 인생을 리모델링하려 한다. 삶의 절반을 고장 난 자전거를 혼자 끌어온 그녀. 이제 망설임이 없다. 사랑은 논리도 초월한다는 그 위대한 힘은 젊은이들의 전유물인 줄 알았는데 칠순의 일편단심 민들레도 움직이는 바람일 줄이야.

누대의 바람에 기대어 동백 한 송이 피웠는가. 외로움, 숨. 그 끝 싫을 만큼 울어대는 바람의 까닭이 그 사람이었나. 다 저물녘 외로운 심지에 불붙이는, 외로움도 눈부실 수 있음을, 저녁놀처럼 아름답게 물들고 싶은 두 사람의 바람이 축복으로 이어지기를…….

눈이 부시도록 푸른 가을 하늘이 혼자 보기 안타까워 두 사람이 함께 볼 수 있다면. 그녀의 열 마디 종알거림에도 조용히 웃어주는 의외의 면이 있는 낭만적인 남자라면 아름다운 동행이 아닐까.

종합비타민을 먹으려다 문득 그녀 생각이 났다. 사랑에 비타민보다 더 큰 에너지가 숨어 있는 것인지. 만나면 약 타령에다 몸이 종합병원이라고 시르죽는 시늉을 하던 사람이 그 남자를 만나면서 새로운 활력소를 찾은 것이다. 그녀의 삶에 탄력과 이완을 조절하는 기능을 가진 남자인지 일상의 볼륨이 높아지고 풍성해진 것 같다. 어떤 경우에도 그 남자의 의견에 따르고 물미역처럼 나긋나긋하고 부드럽게 비위를 맞춘다. 눈웃음까지 헤퍼진 것을 보면서 나는 측은한 생각이 들었다. 어떤 마술에 걸려서 필이 꽂힌 건 아닐까. 하기야 작두 위에 올라선 무당이 무슨 딴생각을 하랴.

딸들은 엄마 걱정을 했다. 남자의 접근 의도가 엉뚱한 곳에 목적을 두고 엄마의 시야를 흐리게 하는지 모른다고 깊이 사귀지 말라고 했다. 그녀가 가지고 있는 재산을 두고 한 당부였다. 우물 속처럼 깊은 엄마의 외로움을 딸들은 모른다. 저들이 다 파먹고 빈껍데기만 남은 엄마의 뜰에도 비備질 해줄 누군가가 필요하다는 걸 알려주고 싶은 심정에 신경숙 작가의 「엄마를 부탁해」를 딸에게 전했다.

칠순에 반란을 일으키는 그녀의 용기에 박수를 보내야 할지. 한 생을 다해 간직해온 맑은 한지에 먹물을 뚝뚝 떨어뜨리는 행위에 눈살을 찌푸려야 할지, 나는 아무래도 이해하기 힘들 것 같다.

낙엽 지는 소리. 강물 흐르는 소리. 찌르레기 목청 돋우는 소리에 귀를 열고 다시 돌아볼 여정의 말미에 서 있다. 이제 우리는 무대 아래서 손뼉 치는 역할을 담당해야 한다. 내게 남아있는 작은 무엇이라도 젊은이를 응원하는데 보태야 한다. 어리석은 허세도 겁 없던 교만도 속절없는 한 잎의 낙엽으로 돌아갈 풍경 앞에 두 손 모으고 겸손해야 한다. 쌓인 감정도 숨겨놓은 눈물도 모두 방류해야 한다. 훗날 우리를 아는 사람들의 기억 속에 어떤 흔적으로 남을 것인지 나 혼자만의 화두는 아니지 싶다.

표류하다

　머릿속이 해킹을 당했는지 기억의 체계가 헝클어지고 자꾸 어깃장을 놓는다. 며칠 전에 갔던 골목 안 식당 이름도 잊어버리고, 지인과 약속한 시간 장소도 깜박 생각나질 않는다. 어떤 아이디어가 떠올랐을 때 얼른 붙잡아야지 나중에 하면 이미 멀어진다. 앉은뱅이 달력에 그 달의 일정을 적어두고 조율한다. 이러다간 나를 잊어버릴지 모른다는 강박에 정신줄을 바짝 조이고 메모지와 펜을 주민증만큼 소중하게 주머니에 넣고 다닌다.

　모란이 방자한 몸짓으로 유혹을 해도, 감나무 새잎이 참기름 발라놓은 것처럼 반들거려도, 서푼어치 감성도 없이 먹다 남은 빵조각처럼 굳어지는 게 무섭다. 살맛나는 나이도 지났고 쓸데없는 잡생각만 무성하게 발생하니 좋은 생각들이 밀려난다. 제목 없는 날들이 쌓여가는 제목 없는 날들. 석양의 길 위에서 신세타령만 할 것인가. 이 난감한 실존에 대하여 어떤 대책이, 답변도 궁색하다. 어쩌면 이러한 현상에 순응하며 달관에 익숙해졌는지 모르겠다.

표류하고 있다. 심연에 남아있던 동심도, 어떤 기다림도, 이제껏 보고 들은 모든 것들과, 악의 없는 거짓말과 가슴 속에 차례를 기다리며 앓은 꿈들이, 마음을 유목해도 좋았던 시절과 불가능을 조율하려 애쓰던 삶의 조각들도, 상서로운 내 인생의 깃발도…….

어떻게 하면 지금껏 나를 받쳐주던 영혼과 건강하게 함께 할 수 있을까. 이 존재론적 질문에 매일 밥상머리에 앉아 고민한다. 아들네 식구들과 어울려 법석이다 보면 살맛나는 기운을 받을 수 있을까 하는 기대에 며칠을 묵었지만 대학생 손녀와 고등학생인 손자 놈은 자기들 세계에 빠져 세대 간의 격차만 실감케 했다. 그 애들이 어렸을 때 할머니의 인기도 있었지, 지금은 맹숭맹숭하다. 딸네 집에 가도 마찬가지다. 그들은 여전한데 내 생각의 바다에 해일이 일어나고 있으니 문제다.

얼마 전 학교 동기 모임에서 참 서글픈 이야기를 들었다. 웃음도 비켜갔다. 옛 소련 대통령 고르바초프 이름이 초코파이라고 우기는 친구, 아들 차를 타면서 신발을 벗어놓고 차에 올라 신발을 잃어버렸다는 친구. 갈래 머리에 책가방을 든 꿈 많은 소녀시절은 언제였던가. 한심스러운 현실만이 저들을 위협하고 있다. 괜찮다 괜찮다 하는 세월에 떠밀려 손가락 사이로 빠져나간 시간들의 이간질로 우리의 영혼이 부식될 수 있음을 왜 몰랐을까.

나는 '그냥'이란 단어가 좋다. 사전적 의미는 있는 그 모양 그대로, 본래 대로 되어 있다. 어떤 사연으로 상대가 집요하게 따질 때, 대화에 난감할 때, 피난처가 되는 곳이 그냥이다. 궁색함에 써먹는 비상약이다. 더 무엇도 허용할 수 없는 선긋기다. 생각의 가지들을 잘라내고 편안한 마음을 갖게 하는 말이 그냥이다. 눈에 들어온 만큼만 친하면 되고, 세상사는 지혜가 쌓였다면 풀어내어 쓰면 된다. 맑고 잔잔한 여백이 숨어 있는 말이다. 그냥 그렇게.

아무도 후하게 봐주지도 않고 누구도 위로해 주지 않는 삶의 변곡점을 넘겨버린 지도 오래지 않은가. 무미한 사변과 경직된 관념만 모래알처럼 서걱대고 있으니 난감하다. 오늘도 사유의 곳간에 남아있는 기억을 상상력을 빠져나가지 못하게 문단속을 한다.

감자골 향기

산 아래 감자꽃이 환하게 피었다고 전화통 너머 들려오는 선배 목소리에 감자꽃 향기가 묻어옵니다.

산청읍 내리마을. 감자밭이 많아 감자골인가. 그 마을로 들어간 지도 어언 몇 년이 흘렀습니다. 의사도 손 놓은 환자를 모시고 산동네로 피접을 떠났지요. 산으로 들로 약초를 캐어다 즙을 내고 달이고 정성을 쏟으면서, 기적 같은 요행을 바라고 민간요법에 매달렸다고 합니다. 선배의 반려는 초등학교 교편생활을 천직으로 살았던 샘님 같은 분이셨지요. 잇속에 밝지 못하고 요령부득인 측에 속하는 성실한 인물임에도 신께서는 냉정했습니다. 당신의 어떤 노력도 애타는 기도도 명 잇기에는 역부족이었나 봅니다.

'함께'란 관계에서 '혼자'라는 외로운 자리에 돌아온 당신께 알맞은 위로가 떠오르질 않습니다. 마음속으로 깊은 신열을 앓고 폐광처럼 적막함으로 수척해 있을 당신을 차마 마주할 수 없어 시간만 죽이고 있음을 헤아려 주리라 믿습니다. 40여 성상을 함께한 당신을 남겨두고 되돌아올 수 없는 길을 떠난 그분도 발걸음이 가볍지는 않았을 것입니다.

삶의 행간에서 튕겨나가고 싶다는, 기막힌 말을 소리통을 통해 듣는 순간 내 가슴이 먹먹했습니다. 당신의 여린 심성에서 어찌 막다른 말이 나오는지, 한 생을 바쳐 살아온 모든 것들이 지우면 그만인 낙서이거나, 한바탕 웃고 떠들고 마는 농담 같은 것은 결코 아님을 잘 알고 있지 않습니까.

바람이 불지 않아도 제물에 흩날리는 꽃잎을 보면서 허무를 느끼지 않는 자 몇이나 되겠습니까. 이미 우리는 생애의 등고선이 주름으로 깊어진 여정의 말미에 서 있습니다. 노년의 적적함을, 기우는 생의 쓸쓸한 비애를 생명을 품은 대지에 기대어 마음에 평화를 얻으라고 당부하고 싶습니다.

꽃이 지는 슬픔과 아픔 자리에 열매가 열린다는 지극히 평범하고 상식적인 섭리를 벗어나 땅속에 열매를 감추고 키워내는 감자의 속내를 알 수는 없지요. 봄철 또 여름철이란 길고 긴 세월을 거친 다음에 자신을 드러내는 식물의 한 생에도 신이 점지해 놓은 오묘한 철학적인 의미가 숨어 있는지도 모릅니다. 어떤 일을 시작도 하기 전에 나팔소리 요란한 사람살이에 새겨야 할 대목도 있는 것은 아닌지 혼자 생각해 봅니다.

무위도식에 스스로 부끄러워서가 아니고 살아 있음에 징표로 움직거릴 일거리를 찾는 것이 정서적 안정감을 얻을 것입니다. 용도폐기로 분리되질 않으려면 무엇인가 취미 삼아 그 일에 묻혀야 합니다. 감자밭에 나가 잡초도 뽑고 알맹이가 얼마만큼 굵어졌을까 기다리는 법과 참는 법을 새삼 자연에서 터득하십시오. 주어진 삶을 걸러내고 조금은 헐렁하게 사는 것도 한 방편이 아닐는지요. 복잡한 세상사 모르는 채 살아가는 단순함도 무작위입니다.

　이미 오래전 일입니다. 제가 모진 일을 겪고 암울한 터널에서 헤매고 있을 때 당신께서 보내준 글줄에 지금도 잊히지 않는 대목이 있습니다. '그 또한 지나갈 것이다.' 그 당시 제게 큰 위로가 되었지요. 지금은 반사체가 되어 당신께 되돌려 주렵니다. 학교 선후배 사이를 넘어 우리는 서로가 느끼는 정서의 주파수가 동일함에 좋은 일도 궂은일도 위로는 큰 우산이었습니다.

　비 오는 날이면 감자전을 부치고 햇살 좋은 날은 밭에 나가 김을 매면서 아픈 사념에서 벗어나십시오. 밤이면 별이 쏟아지는 뜰아래 살구가 노오랗게 익어 단물이 고이겠지요. 도시에서는 상상도 못 할 호사지요. 자연이 얼마나 아름다운지 그 품에 안겨 느끼는 맛은 넉넉한 엄마 품안 같다고 하던 선배의 말, 기억하고 있습니다. 소금보다 짠 인생 살이 강물에 던져버리고, 내 안에 나와 손을 잡고 나뭇잎

팔랑거리는 바람과 더불어 사유하며, 아득하게 느껴오는 산 찔레 내음에 시름을 잊으세요.

감자꽃이 지고 또 긴 여름을 보내고 주먹만 한 감자를 캘 무렵 선배가 좋아하는 간고등어 몇 손 준비하고, 우리 둘이서 몰래 즐기던 와인 한 병 가방 속에 넣고 감자골로 가겠습니다. 그때쯤이면 선배의 눈물자국도 말랐을 것이고 밝은 얼굴로 살구나무 아래에서 은하수 안주 삼아 잔을 부딪쳐볼 것입니다.

감자꽃 향기마저 감추고 인내하는 당신께 흔들림 없는 그리움을 띄웁니다.

자등명 법등명 自燈明 法燈明

단풍잎에 쏟아지는 햇살이 황홀하다. 핀 꽃술로 바람에 너울거리는 억새, 살랑살랑 몸을 흔들어 향기를 전하는 산국. 저 멀리 도시는 소음과 매연의 저주에 붙들려 있지만 산길엔 환한 꽃들이 지천이니 여기가 마음을 정좌케 하는 지성소至聖所이지 싶다.

꼬리에 꼬리를 물고 이어지는 행렬. 일상을 건너 산사로 향하는 걸음에 설렘이 가득하다. 사찰 그 신비로운 공간에서 천년의 문화를 만나는 기대에 마음속 풍선이 팽팽해진다. 천년의 문화가 천리를 날아가 대중들을 불러들인다. 단풍색보다 더 울긋불긋하게 치장을 한 관광객들. 한해의 농사일을 얼추 끝내고 천금 같은 하루를 휴가 낸 어머니들. 검게 그을린 얼굴에서 지난한 삶을 건너온 흔적이 역력하다. 나 또한 그들과 무엇이 다르랴.

속세에도 득도의 길이 있다고 했던가. 고통 속에 빠져 아우성치는 중생들의 증상이 바로 법문으로 읽을 수 있는 게 깨달음의 경지라던 스님의 목소리가 귓가에 맴돈다. 옛날이 곧 오늘이면 오늘은 곧 옛날일 것이다. 오늘의 내 모습은 과거의 거울이며, 내일의 양상은 오늘날의 누적으로 결정 난다는 게 불가의 공리公理다. 나는 오늘을 어떻게 살고 있는가. 지난 세월 속에 나는 어떠했는가. 풀지 못한 의문과 수많은 물음 속에 묻혀버린 시간들…….

지극한 마음 한자리, 그것이 종교의 본질임에도 나는 매번 세존 앞에서 가족들의 안녕만을 기원했었다. 불안한 도시의 혼란 속에서 자식을 생각하는 어미의 심정에서 놓여나지 못하는 좁은 소견이 부끄러움으로 남는다. 법당에 앉으면 마음이 고요해지고 제멋대로 나대던 감정의 날개들이 스스로 제자리를 찾는다. 일상의 불안하고 모순에 가득한 것들을 내려놓으라 한다. 당나귀가 소금 짐을 벗듯이 무거운 마음을 내려놓으라 한다. 절은 내 마음을 정화하는 법등명이다.

천왕문 앞 수문장처럼 버티고 있는 노거수는 수령을 생각지 않아도 그저 묵묵히 서서 몇백 년 세월을 지켜봤을 것 같다. 둥치 곳곳에 땜질을 입은 것을 보면 비바람의 농간이 얼마나 극심했는지 상처 없는 지속이 없음을, 풍상이 곧 삶의 비결임을 암시하고 있는 것 같다.

진리를 상징하는 비로자나 부처님을 주불로 모신 대웅전, 천년의 문화를 접하고 그 의미를 함께 할 수 있음에 감사하며 공손히 경배를 올렸다. 법당 추녀 끝에 맞닿은 하늘이 청자 빛이다. 기척 없이 불어온 소슬바람이 슬쩍 대웅전 뜰을 건너는 중에도 풍경을 쨍그랑거리며 소풍 나온 어린 학생들의 시선을 끈다. 절집 구석구석에 사람들로 풀썩인다. 해인사는 고요한 사찰을 벗어나 마치 저잣거리 같은 북새통에 몸살을 앓고 있다. 각종 먹을거리와 기념품을 파는 몽골천막들이 숲을 이뤘다. 청정한 산사가 번잡한 시장판이 된 것이다. 천년고찰 해인사는 그곳에 의연하게 있는 것만으로 속인들에게 큰 위안이 된다. 흔한 축제들과 큰 차이가 없는 이벤트가 산사에까지 스며들게 하는 것이 옳은 발상인지 엉뚱한 생각을 하다 돌계단에서 발을 헛디뎌 넘어질 뻔했다. 가슴을 쓸어내리는 시원한 감로수 한 바가지에 정신이 번쩍 든다. 세속을 벗어나 잠시나마 부처의 품에서 나를 돌아보는 시간을 가졌으니 휑한 마음에 훈기가 돈다.

홍류동, 계곡 돌덩이마다 불성 한 자락씩 깔고 있을게다. 얼마나 갈고닦았기에 흰 옥양목을 필 채 풀어놓은 듯 눈부실까. 송림 사이로 흐르는 물소리에 귀를 씻는다. 물소리는 계곡의 폭에 따라서, 쓸어안고 타 넘는 바위 크기나 모양새 따라서 수시로 변주한다. 물소리는 물이 저 홀로 내는 소리가 아니라 큰 바위나 작은 돌부리에 몸을 비벼대는 소리다. 어쩌면 물이 바위를 연주하는 셈이다. 이 세상 저 홀로 빼어나고 장한 게 어디 있으랴.

살면 살수록 이기심으로 작아지기 십상인 생. 습관적인 후회와 반성으로 가득한 그날그날이지만 내가 나를 부리고 보고 아는 게 자등명의 도리며 길이다. 오늘의 의미는 자등명 법등명에 있다.

간소하게

"말마라, 그 세월 덧없다." 지난봄 뚝뚝 떨어지는 동백을 보며 나도 모르게 읊은 시구다. 덧없는 세월에 두꺼워진 나이층을 돌아보며 간소하게 더 간소하게를 맘속에 다짐하면서도 차일피일했다.

혼자 사는 내 집에 부담 없이 모이는 소박한 친구들이 있다. 만나면 어쭙잖은 이야기에도 많이 웃고 수수하게 그날에 충실한 사람들. 살아온 그림은 다르지만, 우리는 지난했던 삶의 고비도 지금은 옛이야기처럼 차 한 잔에 풀어내고, 창문 안을 기웃거리는 감나무 잎사귀에 숨어있는 새끼감을 보면서 고향집 생각에 젖어보는 여유에 행복해했다.

무작위로 살아도 되는 나이라고, 아니, 할 일 다 했노라고 방만했던 것이 신의 노여움을 산 것인가. 한 친구에게 메멘토 모리, 경고장이 날아왔다. 정기검진에서 유방암 판정을 받은 것이다. 어떤 징후도, 노크도 없이 찾아온 불청객에 얼마나 당황했는지, 화가 잔뜩 난 목소리로 '주방에 암이 생겼데!' 한다. '뭐라꼬 주방에?' 여느 때도 헛말을 남발하는 친구지만 웃을 수 없는 절박함에 싸늘해진다.

우리는 멀리 볼 수 없는 여정의 말미에 있다. 뭇 병균들의 위협을 받고 살아가지만 그래도 암이라는 날벼락은 비켜갔으면 하는 심정이다.

차일피일하던 주변 정리를 빨리 해야겠다는 생각에 조급해졌다. 비움과 간소하게는 나이에 편승해오는 순리며 자기관리의 한 방편이다. 내가 사용하지 않으면 다른 사람에게 빨리 나누어야 그 사람이라도 쓸 수 있을 것 아니냐 하는 딸의 충고도 무리는 아니다. 주택은 공간이 많아 짱박아 놓은 물건들이 많다. 세간도 다이어트를 해야 된다.

옛것을 수집하는 이가 눈독을 들이던 쌀뒤주와 다듬잇돌, 시어머님의 손때 묻은 오동나무 장롱, 육이오 사변 때 학비를 대주던 싱거 재봉틀, 어머님의 재산목록 1호였다. 대물림한 물건들을 내 마음대로 처분하는 것이 옳은 일인지, 집안의 작은 역사와 전통이 서려있는 가재들을 수집상의 리어카에 실려 보내는 것이 간소하게란 핑계에 합당한 것인지 아리송하다.

쌀 한 가마니도 너끈하게 담을 수 있는 큰 독과 간장을 품어내던 배불뚝이 작은 독, 중 항아리와 새끼 항아리, 또 이민 온 옹기도 있다. 아파트 이사 가는 짐 속에 끼지 못하고 버려진 옹기도 우리 장독대 가족이다. 과거와 현재가 어울려 덤덤한 장독대의 운명은 어떻게 되는지.

지루한 장마에 온 집안이 꿉꿉하다. 옷장을 열고 장승처럼 기립해 있는 옷가지들을 정리했다. 장롱 서랍 속에 갇혀 있던 우여곡절들이 쏟아져 나왔다. 유행의 뒤안길에 내쳐진 저 생명 없는 옷들은 미련 없이 헌 옷 수거함으로 갈 것이다. 내 젊음이 머물러 있는 꽃무늬 원피스, 본전 생각에 버리지 못했던 투피스와 순모 코트, 주름치마와 스커트, 레이스가 화려한 블라우스. 속절없는 나이의 부피는 미련이라는 핑계로 버티기엔 버거울 만큼 수명의 공간을 채워버렸으니, 저들과의 화해는 강 건너갔다. '지나간 것은 지나간 대로 다 의미가 있지요'라는 노랫말에 절로 고개가 끄덕여진다.

내가 치마를 벗어던지고 바지족이 된 것은 유행을 떠나 가계를 떠안아야 할 책임의 중앙에 있었기 때문이었다. 머리도 짧게 커트하고 구두 대신 운동화와 친해지면서 여자도 남자도 아닌 경계에서 좌충우돌 시행착오의 비포장 길 위에 있었다. 치마는 사치였다.

머리는 계산을 하지만 마음은 순결하다. 마음 보자기가 가볍고 담백해야 간소한 삶을 즐길 수 있을 것 같다. 감성의 홈을 파던 사유도 느긋해져야 헐렁한 여유도 생길 것이니. 애써 잠가둔 안전핀이 순식간에 빠져나갈 수 있는 나이가 아닌가.

월든 호숫가에서 오두막을 짓고 간소하게 살았다는 소로

우, 무소유로 수행의 덕목을 삼았던 법정스님의 간소한 생
애, 감히 넘볼 수 없는 경지다.

내 안의 간소하게 더 간소하게는 어떤 모습일까.

십이월의 난難

　오래된 주택을 허물고 오피스텔을 신축하는 현장. 지적
도에 표시된 경계선 깊숙이 파고 들어온 포클레인의 무지
막지한 기운에 떠밀려 우리 집 담장이 무너졌다. 시멘트 블
록 담장은 묵은 세월에 완강한 힘도 없어진 것인지 비명도
없이 쓰러지고 장독대도 수도관도 동반 추락했다. 측백나
무와 동백까지 넘어지고 주변이 폐허처럼 되었다.

　세상은 우연으로 가득 차 있고 잦은 우연은 운명처럼 보
이기도 한다. 나와 맺어진 인연도 우연이고 어떤 상황에 놓
인 것도 우연이고 개 한 마리 키우는 것도 우연에서 비롯된
다. 오피스텔 공사가 유행처럼 번져나는데 왜 하필 내 집
담장이 날벼락을 맞아야 했는지. 이 어이없는 장면을 우연
이라고 하기엔 기막히다.

　담이 없어지고 경계가 애매해지니까 이상했다. 날벼락을
맞은 우리 집은 얼떨결에 발가벗겨진 몰골로 벌판에 홀로
선 꼴이 되었다. 담 안에 숨겨졌던 아날로그 문화가 다 까
발려지고, 가족들의 비밀도 날아가 버린 것 같다. 어느 집

이든 나름의 비밀스러운 면이 조금은 있기 마련이다. 옆집 아저씨는 잠옷 바람으로 마당에서 달밤체조를 한다든지, 뒷집 할머니는 요즘도 요강을 사용한다든지, 담장 너머로 헤진 옷가지들과 색색의 양말짝들이 그네를 타고 무수한 말들이 블록 담 사이로 수군수군 넘나드는, 그래서 궁금증을 불러일으키는 삶터에는 항상 무엇이 자극을 준다.

치안이 불안한 요즘은 담장이 높아지고 사람과의 사이에도 경계의 벽을 만든다. 소통의 부재, 단절, 소외감. 우리는 어쩌면 스스로 고립을 자초하면서 외로움을 키우고 있는 건 아닌지. 숨길 것도 드러낼 것도 없는 소통이 자유로운 공간. 경계심도 없었던 시골집 낮은 울타리가 생각난다.

오피스텔 공사는 구청에서 중단시켰다. 난장판이 된 담장 쌓기와 여타 일에 우선을 두는 것 같다. 첨단장비를 동원하여 건물 상태를 점검하고 내부를 정밀 진단한다. 군대물도 안 먹어본 것 같은 여린 청년 두 명이 삽을 들고 왔다. 잡일을 하는 아주머니들은 종일 벽돌을 나르고 시멘트와 모래를 섞어 담을 쌓는 남정네들의 뒷일을 돕는다. 그들이 몸을 상품으로 내놓을 수밖에 없는 현실에 마음이 편치 못하다. 복지국가란 어디에 근거를 두고 하는 말인지, 나는 막걸리와 담배, 빵과 우유를 준비하고, 커피를 끓여내고. 그 일이 고작이었다.

삼십여 년, 달빛을 에워싼 별무리가 나를 재워주던 보금

자리를 버려두고 가방을 챙겨 아들네로 피난을 갔다. 어차피 혼자였고 그 세월이 하루 이틀도 아닌데 밤이 되면 무섭고 낯설어 떠나고, 낮에는 걱정이 되어 집으로 돌아오고. 집시처럼 떠돌았다.

을미년 청양의 해도 저물어 가는 십이월. 을씨년스러운 내 집을 위로하듯 하오의 햇살이 뜰에 나뒹군다. 그것은 금싸라기처럼 눈부시게 부서져 차가운 집안에 온기를 배급한다. 주위는 깊은 동면에 들어있다.

'고난은 인생의 크나큰 경책警責이며 스승이다' 경전 한 대목을 가만히 떠올려 본다. 쓰임이 있음에 시련도 따르는 것 아닐까. 쓰임에 대하여 나를 반영시켜보면 아직은 필요로 하는 곳이 있다는 것에 감사해야 할지, 게으름 피우다가 뒤통수를 한방 맞은 건지, 우왕좌왕하다가 십이월도 날아가 버렸다.

508호

묵은 정이 쌓여있는 이 집과의 이별은 예정된 일이다. 정신과 육신이 왜소해지면서 단독주택을 감당하기엔 힘이 부쳤다. 풍수가들의 설에 의하면 사람이 집을 다스려야지 역으로 사람이 집의 기운에 휘둘리면 이상이 생긴다고 한다. 지금 내 처지는 떠나야 할 상황인데 뜬금없이 풍수설을 내세우고 있다.

주택을 부동산 시장에 매물로 내어놓고 매수자들과 상담을 했지만 쉽게 성사되질 않았다. 땅이 넓은 것도 건물이 큰 것도 주거하기에 적합하지 않다는 이유였다. 시대의 흐름이 핵가족으로 변화하면서 대가족을 필요로 하는 건물은 외면하는 추세다. 사막에서 주유소 찾기란 문제가 떠오르면서 불가능의 단어가 나를 옥죄고 마음은 조급해졌다. 별 것 아닌 것도 심사숙고하다 기회를 놓치는 우를 범하기도 한다. 부동산 매매의 경우는 내 쪽에서 양보를 해야 물꼬를 틀 수 있지 않겠느냐는 아들의 의견도 염두에 두고 참고해야겠다.

삼십여 년 영혼을 묻고 살아온 문현동 이층집은 참 좋았다. 햇볕 내려쬐는 한여름 뜰 안의 나무는 품 넓은 남정네처럼 푸른 나뭇가지를 허공에 펼치고 시원한 그늘을 만들어냈다. 잔디 깔린 마당에 의자를 내어놓고 그늘에 앉아서 차를 마시며 자연과 교감하는 시간이 참 좋았다. 모든 사물에는 정령이 스며있다는 말 따위는 그다지 신봉하지 않지만 신선한 능력은 있지 않을까 하는 애매한 생각은 해보곤 했다.

적당한 제한이 요구되는 낯선 공간으로 바뀐 상황은 어리바리 연속이다. 몰이꾼들의 포위망에 저항도 못하고 우리 안으로 들어온 것 같다. 어떤 경계를 넘어서기 위해 세상과 절연한 채 은둔의 세상이 시작된 심정이다. 시어머님께서 생전에 말씀하시던 벌통 같은 집. 그곳의 생활을 몰랐던 것은 아니나 막상 이삿짐을 풀고 문패가 508호로 바뀐 낯선 환경에 적응하기란 쉽지 않다. 보일러 작동이나 열쇠 없이 열리는 현관문도 별것 아닌데 마음이 정착하지 못하고 떠도는 것이 서글프다. 마음은 모든 생각의 기원인 동시에 육체적 변화를 일으키는 원인이 된다. 수면은 삶의 중요한 요소를 정교하게 뒷받침해 건강과 쾌적함을 제공하는 과학적인 분야가 있다. 작은 기억마저 증폭시키는 밤의 신묘한 마성 때문인지 잠도 오질 않는다.

담벼락 사이로 온갖 사연들이 넘나드는, 약간 거친 단독

주택 생활에서 야생으로 떠돌던 영혼은 답답한 사각 벽 속에서 짐승처럼 웅크리고 있다. 사방을 둘러보아도 낯선 사람뿐이고 더구나 좁은 엘리베이터 안에서 낯선 남자와 단둘이 있을 때의 난감함이란. 시선을 어디에 두어야 할지.

가끔은 고인 물 같은 내 일상에 지루함을 느낄 때도 있었다. 언제나 같은 그림자와 흘러가는 구름이 잠깐 머물다 가는 갇힌 물. 부동의 한계를 벗어나 시원하게 흐르는 강물이고 싶었다. 강물은 맹목으로 흐르지 않는다. 자연의 법칙에 따르는 것 같지만 바다라는 지향점이 있다.

사람은 누구나 등에 자신의 이야기를 지고 태어난다. 짜인 각본 따라 움직이는 의무만 있을 뿐이라고 체념하기엔 나에게 남은 시간이 아깝다. 떠남과 머무름의 길 위에 우리 인생이 있다. 변화의 물결 따라 출렁거려야 한다. 흔들리지 않는 삶이 무슨 재미란 말인가. 흔들리며 또다시 스스로 세우며 평상심을 꼭 붙잡고 또 한 번 도전해야겠다.

나는 영원한 아마추어다.

제2부

만나고, 헤어지고

　지구 반대편에서 아들 가족이 온다는 소식에 몇 날 몇 밤을 공중 부양해 있었다. 오랜만에 만나도 어제까지 함께 있었던 것처럼 편안하고 따뜻하다.

　가려진 시간 저 너머에 어떤 풍경으로 낯선 곳에 발붙이고 살았을까. 앞머리가 희끗해진 아들과 훌쩍 커버린 손자들을 안으면서 목이 메었다. 머무는 동안 내 나라 음식을 많이 먹이고 싶고 무엇이 먹고 싶었는지 한없이 해주고 싶은 어미의 본능에 자꾸 시장바구니를 들고 나간다. 적적하던 내 생활 속에 그들이 들어왔다. 그 달달한 분위기에 나는 사라지고 오로지 사랑만이 우리를 지배하고 훈훈한 감정은 행복의 도가니에 빠지게 한다.

　나 혼자라고 만만히 보고, 집안을 장악하고 으스대던 침묵이 꼬리를 감추고, 가난한 밥상과 쓸쓸한 배회는 사진틀 뒤로 숨어버렸다. 집안이 후끈하다. 사람 사는 냄새가 난다. 유년의 풍경 속 그림 한 조각, 정초 풍물패들이 집집을 돌면서 그 해 액운을 쫓아내고 가족의 건강을 기원하던 안

택安宅은 정월대보름의 전통행사였다. 신사년 새해 지신밟기 하듯 마당에선 공차기와 어름놀이에 떠들썩하다. 이 기운이 적어도 몇 달은 가겠지.

내 나라 문화도 제대로 익히지 못한 성장기 애들이 남의 것에 물들면 훗날 저 애들의 정신세계는 어떤 방황을 할까. 다행히 김치찌개도 좋아하고 된장국도 잘 먹는다. 풋고추를 된장에 푹 찍어 먹는 걸 보면 숨어 있던 입맛은 변하지 않은 것 같다. 홍시가 먹고 싶었다는 아이들. 떡볶이도 김밥도 식혜도 잘 먹는다. 뿌리는 이 땅에 근거하고 있으니 껍데기가 조금 변한다 한들 어떠랴.

금속공학을 전공한 아들은 유학시절 씨앗 하나 그 나라에 떨구어 놓고 왔는지 끝내 더 넓은 기술 세계로 들어갔다. 그때의 상황을 생각하면 괘씸해서 마주하고 싶은 마음도 없을 것 같은데 자식이 무엇인지, 삶의 오지에 혼자 버려진 황량함이란 어떻게 표현할 수 없었다. 작은 기업일지라도 이끌어가는 과정에서 여자의 신분은 여러 면에서 어려움이 많았다. 어디를 가나 남정네들이 어깨에 힘주는 경쟁구도에서 절로 위축되곤 했다. 외톨이란 주홍글씨는 지워질 수 없는 신분증이었으니, 돌아보면 그게 뭐 그렇게 기죽을 일이라고 지레 목이 기어들어갔는지. 어차피 경쟁사회에서 살아남으려면, 이곳에 밥줄을 달고 있는 사람들을 생각하면, 신분에 연연할 수 없는 그 무엇이 나를 여자도 남자도 아닌 중성으로 몰아갔다. 어떤 일로 절박한 코너에 밀리면 중절모를 쓰고 다녀야겠다고 탄식처럼 쏟아내곤 했다. 누구나 피할 수 없는 현실에 부딪히면 무모한 용기도 생긴다. '당해 못 당할 일 없다'고 하시던 시어머니의 말씀이 회초리가 되어 나를 강하게 했을까. 소심한 내 안에 그렇게 독한 면이 숨어 있었는지 그전엔 몰랐다.

삶을 그곳에 두고 온 그들은 돌아가야 했고 섭섭한 내 마음은 어쩌지 못한다. 돌부처의 시구가 떠오른다. '길 아래 돌부처 홀로 벗고 서서 일 년 내 바람 비 눈서리 맞을망정 평생 이별 없으니, 나는 그를 좋아하노라.'

떠나는 그들을 보면서 남겨진 나를 본다. 그 사이를 서성이면서, 아들의 대학시절과 군 복무 때 면회 갔던 일, 먼 나라 유학, 뜬금없이 낯선 아가씨를 데려와 결혼하겠다던 그 배짱, 둘째라는 서열의 기회를 줄타기하는 걸까. 호적에만 줄을 대고 있을 뿐 멀리 떠 있는 방패연이다. 전문화 사업에 떠밀려 해외로 떠도는 현대판 유랑민이 아니던가.

회자정리의 법칙은 벗어날 수 없다고 한다. 만남과 헤어짐이 삶의 연속이라면 그 사이 고이는 그리움은 슬픔을 달래는 원기소 같은 것인가.

목요일의 꿈

묵정밭으로 변해버린 글밭의 언저리에서 서성이고 있는 심정은 막막함뿐이다. 많은 시간을 흘려버린 지금, 스멀거리는 안개처럼 실체가 없어진 수필의 꿈을 다시 떠올려 본다. 수필은 내 손을 잡아줄까. 며칠 전 만났던 문우들의 눈동자들이 등 뒤를 미행하며 자꾸 질문을 던지는 것 같다.

아직도 쓸모 쪽으로 추가 기울어진 일정에 쫓기다 보면 체력의 한계보다 정신적 피로가 기氣를 잡고 늘어진다. 영혼의 근육이 소리 없이 빠져나가는 현상은 가끔 휘청거리는 모습으로 나를 놀라게 한다. 늘 처음의 자리에서 다시 시작하는 글쓰기의 곤고함. 소실점이 아득한 미완성의 길 위에서 헤매는 자신으로부터 도망치고 싶었다. 접싯물 같은 머릿속 에너지도 바닥을 드러냈지만 게으름도 한몫한 것이다.

무모하게 사는 것이 가장 안전한 길일 수도 있다든지, 신神도 외면한 나이에 무엇을 쓰겠다고 라든지, 중동무이한 행동에 어거지 핑계를 끌어다 붙이고, '무위자연으로 살기'

란 글귀를 책상머리에 걸어두고 바람과 짝을 맞춘 시간 속에 그림자로 살았다. 늘 깨어있는 삶을 전면에 두고 스스로 강조한 리듬이 느슨해지면서 조금씩 불안하기도 했다. 내 삶의 총량에 대한 의문은 영원한 숙제지만, 항상 처음처럼 정신줄을 바짝 조이고 살았으니, 노는 것도 습관이 필요한 것 같다.

머릿속에 각인된 목요일, 마음이 편치 않았다. 아직은 나에게 허락된 즐거움은 글쓰기라고, 일상에 갇혀있던 생각들이 환기구를 타고 흘러나갈 수 있는 소통의 기쁨은 글쓰기라고 속삭이는 소리가 귓가를 맴돈다. 중국 속담에 '가던 길도 자꾸 가야 새 길이 보인다.' 했다. 글을 쓸 때 기분은 좋다. 내용이 알차게 완성되건 또 반대가 되더라도 기분이 좋다는 그 말은 여러 가지로 해석될 수 있다. 기분이 좋다고 표현하지만 그것은 어쩌면 아름다움이나 행복이나 주이상스Jouissance*로 대체될 수 있는 기분이기 때문이다.

나의 푸르던 시절에는 글을 쓰고 싶다는 마음을 몰래 감추었었다. 그것은 정말 나만의 비밀이었다. 누군가에게 이야기하거나 듣게 되기라도 하면 심장이 얼마나 쿵쿵거리던지. 우연히 불교신문에 글이 실리고부터 함께 다니던 도반들 사이에서 심심찮게 화제가 되곤 했다. 나는 너무도 내성적이고 소심하게 그 꿈을 꼭꼭 숨겨놓고 뚜껑을 단속했다. 일 년 내 책 한 권 마주할 수 없었던 그때의 상황은 어

쩔 수 없이 주어진 현실에 충실해야 했고 사업으로 동분서
주하는 남편의 노선에 동반자로 보조를 맞추어야 하는 실
정이었으니 내 안에 비밀은 언감생심이었다. 나의 은밀한
기다림은 끝이 보이지 않았고 기회의 문은 좀체 열리지 않
았다.

목요일의 일기장에 이렇게 기록했다. 멋있는 노후를 보내
고 싶으면 나이 들수록 끊임없이 새로운 경험에 자신을 열
어놓고 모르는 세계로 뛰어들어야 몸과 마음이 늙은이로 전
락하는 속도를 늦출 수 있을 것이다. 생물학적 나이와 상관
없이 매일의 일상에서 호기심과 창조력을 유발하는 일을 만
들어 가다 보면 삶이 생기로 채워질 수 있을 것이다. 정서
도 길러보리라. 무엇보다 외로움에 감염되지 않으려
면…….

떠나온 것에 대한 주저함 때문에 돌아오는 길은 용기가
필요했다. 부끄러움보다 뻔뻔함이 앞선다. 목요일.

*Jouissance— 희열. 향유. 즐김

갈림길에 서다

 시어머님이 부채를 들면 여름이 왔다. 노르스름한 안동포 한복을 곱게 차려입고 대청마루 대자리에 앉아 손잡이가 있는 부채를 설렁설렁 부치는 그림 같은 모습에서는 박꽃처럼 맑은 조선 여인의 그림이 떠오른다.

 선풍기 바람을 싫어하셨다. 시어머님에게 그것은 달그락거리는 바람통이었다. 그 간들거리는 바람을 달갑게 여기지 않으셨다. 냉장고에 보관한 음식도 기계 냄새가 난다며 때로는 주의를 주셨다.

 하기야 선풍기는 조급하고 참을성 없는 성품을 닮은 듯하다. 생활용품이란 것이 시대를 쏙 빼닮아 시대의 구미에 맞추어 나온다. 그런 반면 부채는 느긋하다. 몸에 달라붙어 끈적거리는 더위를 단번에 밀어내질 않고 서서히 날려보내는 여유와 멋스러움이 있다.

 대학생인 막내딸은 감은 머리를 선풍기 바람에 말리고 시어머님은 쪽진 긴 머리를 풀어헤치고 부채질로 천천히 말린다. 세대의 격차를 나는 머리를 말리는 것에서도 본다.

나는 조선시대와 이십 세기의 징검다리를 건너며 오가는 시대의 배달부인 셈이다. 시어머니 쪽에서 보면 신세대가 하는 짓거리란 도무지 못마땅한 일이 다반사였다. 랩처럼 쫄랑거리는 막내딸은 그러나 시어머님의 귀여움을 받았다. 그런 틈새에 끼어 때로는 징검다리를 건너기 힘든 일도 더러 생겼다. 과거와 현재의 어울림은 간혹 삐걱거릴 때도 있었다. 그런 내 처지를 시어머님은 깊은 속으로 넉넉하게 헤아려주셨지만.

어느 해 여름 큰아들이 에어컨을 들여놓자고 할머님께 의논을 드렸으나 일언지하에 거절당했다. 대청에 대자리 깔고 부채 있으면 족하지 센 바람통은 마다고 하셨다. 시어머님에게 에어컨은 '센바람 통'이었다. 어쩔 수 없이 작은 에어컨을 내 방에만 들여놓았다. 여름 제사 때 여기저기서 가족이 모이면 젊은이들 보기에 민망해서였다. 그 일로 시어머님은 심사가 틀어져서 며느리 방에는 좀체 발을 들여놓지 않으셨다. 더울 때는 땀도 흘려야 하고 추울 때는 추위도 이겨내는 것이 자연에 순응하는 건강한 길이라며 지극히도 당연한 말씀을 넋두리처럼 하셨다.

몸은 어디에고 대처할 수 있고 견딜 수 있는 자생력을 갖고 있다. 그 힘을 쓰질 않고 지레 수월하게 지낼 경우 몸을 안팎으로 게으르게 만든다. 몸의 감각기능을 시험해보고 인내력도 단련해 보아야 한다. 선풍기에 몸을 맡기고 에어

컨 바람 앞에서 기계가 내뿜는 기계 바람도 쐬면서 신체의 여러 기능이 다양한 환경에서 견딜 수 있는 조건을 받아들일 수 있어야 하지 않을까. 유비무환이란 말을 여기에서도 적용시켜 본다. 옛 조상들의 아름다운 예지와 디지털 시대에 사는 젊은이의 감각을 서로 익히고 존중하는 곳에 새로운 발전이란 것이 있을 것은 당연하다.

여름은 그렇게 어정쩡하게 지나갔다. 온몸에 끈적이던 땀기가 일순간에 가셔지고 저절로 옷깃이 여며지는 가을이 성큼 뜰 안에 들어섰다. 여름과 가을이 물러가고 나아가는 순리에도 어김이 없다. 매미소리가 초저녁 찌르레기 소리로 바뀌고 창문 사이로 비치는 불빛이 아늑하게 느껴진다. 심드렁하던 부부 사이도 어느새 약간 도톰한 이불속에서 정다워지는 계절이다.

시어머님은 저녁식사를 마치고 방으로 들어가시면서 해가 지면 설렁하다고 하신다. 그 말씀에 나는 보일러 침을 따뜻한 온도에 돌려놓고 티브이를 보다가 설핏 잠이 들었다. 그런데 문밖이 소란하다. 방이 뜨거워 이불에 불이 붙겠다며 시어머님은 창문을 활짝 열고 이불을 뒤집어서 대청에 벌렁 밀어 놓으셨다. 과유불급過猶不及이란 말도 있지만 과민반응을 보이는 시어머님이 조금은 서운하다 싶었다.

티브이도 많이 보면 눈이 나빠진다고 그마저 절제하신

다. 조간신문은 언제나 어른이 먼저 봐야 하고 어쩌다 사회면에 노인문제 기사가 나오면 그 일이 꼭 우리 집과 맞물린 것처럼 구순에 드신 걸 잊으시고 마구 흥분하신다. 세상이 바뀌어도 삼강오륜三綱五倫은 변함없다는 것이 평소의 엄격한 지론이시다.

하나 더하기 하나는 둘이다. 그러나 때로는 하나 반도 될 수 있고 또 셋도 될 수 있는 게 세상살이의 주먹구구이다. 그렇게 조금 풀린 계산법이라야 약간의 어긋남이 조금은 부드러워 보인다며 맞지도 않는 엉터리 철학을 나는 고집하고 싶다. 하지만 시어머님의 지론에도 나름대로의 의미가 있다며 내 생각 따위는 그냥 덮어버린다.

그러나 세월의 흐름에 시어머님의 깃발도 점점 힘을 잃어갔다. 싫어하던 바람통과도 차츰 친해지고 자승자박 같던 일상의 신념이 차차 둑이 허물어지듯 물렁해졌다. 그런데 그런 일이 나를 오히려 시어머님 곁에 바짝 붙어있게 했다. 내 계산법을 시어머님 계산에 슬슬 맞추어 나가는 일에 나도 모르게 빠져들고 있었다.

통제 없는 자유로움은 적당한 견제를 필요로 한다. 그것은 중용中庸이 아닐까. 옛 시대의 삶과 문화가 묻어나는 시어머님의 생활철학은 은근한 느림에 있다. 느림, 그 속을 들여다보면 사유하며 고뇌하며 살아가는 아름다움이 있다. 선천적인 느림과 후천적 흐름에 젖어버린 일상이 잘된 것인지 아니면 고질적인 것인지 가늠도 못한 채 내 세월은 흐지부지 지나가고 있다.

선풍기도 부채도 아닌 삶의 통로에 길들어 다른 삶을 쉽게 받아들이고자 하지 않는 나 또한 문제다. 고부간은 서로 닮는다고 하지 않는가. 나는 알게 모르게 시어머님의 생활철학을 내 몸에 익히고 있었지 싶다.

내 속에서 이는 어떤 소리가 나를 거푸 부추긴다. 그것을 어렴풋이 알 듯하다. 어정쩡하지만 지금 나는 그 부추기는 소리에 귀를 기울이며 눈을 닦고 있다.

어떤 충고

이런저런 일로 밀쳐두었던 연하장들을 열어 보았다. 맑은 한지에 먹물이 번져날 것 같은 '일체유심조'가 눈길을 잡는다. 새해 인사라고 하기엔 그 울림이 깊다. 마음 깃을 여미고 다시 나를 돌아본다.

일체의 장식을 털어버린 겨울나무처럼 그저 허심으로 살라는, 내 인생에 던지는 경고문이다. 당겨진 활시위처럼 팽팽한 긴장감에 허둥대는 그 마음을 내려놓으라고. 그저 자연의 형제로 참하게 늙어가라는 충고다.

그녀는 먹물 냄새나는 사람이다. 즐겨 입는 옷 색깔도 그쪽에 가깝고 솔바람 같은 맑은 영혼을 품고 소나무처럼 의연하다. 소나무는 오래전 우리 둘만의 소통으로 내가 선물한 이름이다.

나의 일상을 그림책 보듯 훤히 꿰고 있는 벗이다. 나 또한 허전한 마음을 반쯤은 기대고 때론 고민을 털어놓기도 하고 잘 못 마시는 소주잔도 마주한다. 서로가 자신의 조영 안에서 느끼는 정서의 주파수가 동일하다는 것을 느낄 수 있었으니까 코드가 맞아떨어진다는 말은 이럴 때 필요한 것 같다.

나만의 잣대로 잰 삶의 풍경. 세상의 파도를 넘기 위한 철학. 나를 붙들었던 욕망과 애착. 모두가 보잘것없는 생각의 산물이라고 밀쳐버리기엔 지난 세월이 너무 아깝다. 내가 살아온 모든 것이 내 안에 살아있는 소중한 역사라고 생각해보면. 자연에 순환의 비의秘義가 숨어있듯이 삶에도 지난 것에 대하여 되새김하듯 오늘의 지혜를 길어올리는 순환이 있다.

누구나 저하고 싶은 대로 하면서 살 수 없는 게 우리네 인생살이다. 어떤 상황에 맞닥뜨리면 벗어날 수 없는 틀에 갇혀서 자신을 잊어버리고. 삶의 본질에 대하여 정신에너지를 소진시키던 그때는 참으로 침울했었다. 두려워하지 않으면 방자해지는 사람들의 습성을 신은 염려해서일까. 유독 내게만 혹독한 은혜(?)를 베푸는 것 같았다. 그래도 한 번은 해볼 만한 모험이 아니던가. 지난 것들은 다 아름다운 이름으로 포장하고 싶다.

젊은 날 좀 더 성숙되고 발효된 삶을 희망했었다. 발효, 참으로 멋들어진 단어다. 나는 원래 자책이 많은 성격이다. 인생에서 날마다 맞닥뜨리는 크고 작은 선택들은 참으로 힘겨웠고 사람과의 관계 맺기는 또 왜 그리 어려운지 부족한 분별력과 짧은 지혜를 자책하며 울증에 시달릴 때마다 나는 내 됨됨이가 언제쯤이면 잘 발효될 수 있을까 하는 생각에 끄들리곤 했었다.

셰익스피어가 그랬다. 나이 든다는 것은 젊음과 지혜를 바꾸는 것이라고. 지혜는 보이지 않고 발효되지 못한 나이만 수명의 공간을 채우고 있다.

자기 내면을 들여다보는 '위파사나' 명상에 대하여 생각해 본다. 떠오르는 생각이나 감정에 끌려 다니지 않고 그저 가만히 바라볼 수 있는 내면의 힘을 키우는 명상법이다. 보통사람들이 일상의 인간관계. 혹은 자신의 내면에서 일어나는 일을 감당하지 못하는 이유는 생각의 덫, 감정의 덫에 걸려 낚시 바늘에 걸린 물고기처럼 덫에 걸린 짐승처럼 펄펄 뛰다가 더 깊은 생각과 감정의 수렁으로 빠져들기 때문이다. 위파사나의 가장 중요한 모토인 "그냥 있는 그대로 바라보기만 하라!"는 얼핏 생각하면 참 쉬운 일인 것 같지만 의외로 실천하기 어렵다.

나무들도 탄소동화작용을 멈춘 뜰에 나와 방하착放下着을 본다. 구름이 가거나 오거나 허공엔 자취가 끊어지고 바람 지나간 자리에 흔적이 없다. 번뇌 망상이 일었다 사라지면 허공으로 남는 마음자리, 비우고 내려놓아야 맑은 마음 한자리 얻을 수 있는 답을 얻는다. 겨울 햇살의 *고조곤한 속삭임을 듣다가 안으로 들어와 찻물을 끓인다. 향과 맛이 우러나기를 기다리노라면 수런거리던 마음의 동요가 이내 부끄러워진다.

'일체유심조' 화두처럼 가슴에 걸려 체증을 일으킬 것 같다. 묵은 껍질을 벗고 한 발자국 저편에 있는 미지의 세계로 발돋움해봐야겠다. 일체가 마음 안에 있으니 마음속 빗장을 풀라고 한다.

*'고요하다' 또는 '조용조용하다'의 평북 방언.

소소한 행복

올해는 물의 기운이 많은 해라고 그러더니 연둣빛 적시는 비가 내린다. 연잎을 닮은 한련화 둥근 잎 위에 내려앉는 빗방울, 빗방울들. 꽃이 피는 시기와 여름철새들이 날아오는 때가 앞서거니 뒤서거니 한다. 시계를 들여다보지 않아도 뭇 생명들은 어찌 그렇게 대자연이 변화하는 시간을 자로 잰 듯 알고 있는 것일까. 생명의 신비로움에 외경심이 생긴다.

아침을 여는 새소리, 살아 숨 쉬는 자연의 맥박소리, 산과 들이 연둣빛으로 단장을 했다. 언덕배기 나무들은 하루가 다르게 부풀더니 펑 터져 버리기라도 할 것 같다. 몽실몽실한 게 쿠션 좋은 소파 같기도 하고 지금 막 구워지는 빵 같기도 하다. 꽃이 예쁘다고 여겼는데 꽃이 진 뒤 마른 나뭇가지를 밀고 나온 실록들도 예쁘다. 식물성의 승화는 저 높고 끝없는 천상을 향하고 인간의 지향은 땅의 영화에 머물러 있다.

내 집 작은 뜰 안에 겨울잠에서 깨어난 생명들이 기지개를 켠다. 개미들이 굴 밖으로 나와 분주히 움직이고 작은 잎사귀 사이를 비집고 베틀을 준비하는 성급한 거미도 보이고 흙 속에 은둔하던 지렁이들도 봄비 맞으며 꿈틀거린다.

대화는 가끔 서로 바라보는 것. 날마다 마주하는 나무와 작은 꽃들. 아래로 내려와 노래하는 새들과 마음을 열고 돌아보면 혼자가 아니고 '함께'라는 의미에서 큰 위로를 받는다.

땅이 넓고 근사한 정원에 비하면 좁은 공간이 보잘것없지만 자고 나면 새 잎과 꽃들이 뿜어내는 싱그러움에 푹 빠져 감탄사를 연발한다. 뜰 안에 쏟아지는 은혜로운 햇빛이 그렇고 향나무를 스치고 지나는 바람결에 살갗이 간지럼을 타는 순간이 그렇다. 감탄은 우리가 살아있음을 알리는 적극적 행위로서 아름다운 영혼으로 가는 지름길이지 싶다. 오래전 꽃시장에서 데려온 난초 줄기에 태기가 돌더니 삼년 만에 명도 높은 노란색 꽃을 피워낸다. 사람은 식물과 함께 있을 때 본능적으로 마음이 편해진다. 때로 두런두런 이야기도 나누고 서로가 마주 보는 눈길을 통해 존재의 잔잔한 기쁨을 나누기도 한다. 초록의 향기를 음미하면서 모처럼 뜰 안의 한적을 누리노라면 나를 행복하게 하는 것들에 대하여 무한한 감사를 보낸다.

금년 봄은 날씨의 해찰이 심한 탓인지 모란이 사월 말경

에야 문을 조금씩 열었다. 나와 삼십 년을 동거한 묵은 나 뭇가지에서 스물세 송이 모란이 하루 이틀 간격으로 피어 난다. 핏빛 그리움도 차마 살가운 스물세 송이 모란. 고작 칠일 간 내 집 뜰 안에 머물다 가는 짧은 만남. 칠일 간의 행복을 나 혼자 누리기엔 모란에게 미안하다. 여러 사람들 이 예쁘게 봐주고 그 장엄한 순간을 축복해야 할 것을 그렇 지 못하니 섭섭했을 것이다. 내년엔 작은 모란축제를 열어 볼까 한다.

외출해서 돌아올 때 큰길가에 있는 작은 꽃집에 자주 들 른다. 초롱초롱한 눈망울로 쳐다보는 식물들은 내 집 뜰 안 으로 오고 싶어 하지만 나는 인정머리 없게 별난 종류만 찾 는다. 예쁜 앞치마를 두르고 생글거리는 아줌마와 식물에 대한 이야기를 나누는 순간은 참 맑고 순수하다. 전지가위 를 능숙하게 움직이면서 꽃바구니를 만들고 분재를 손질하 는 행위의 간결한 아름다움이 무설법문無設法文이다.

앞집 담장 너머 붉은 장미가 고개를 내민다. 장미꽃에 대 하여 잊을 수 없는 기억이 있다. 그날 밤 급한 환자를 응급 실에 눕혀놓고 의사의 손길을 가슴 조이며 기다리고 있었 다. 불안하고 숨 막히는 응급실의 실태. 그곳은 순간에 목 숨을 거는 환자들의 신음소리, 음산한 분위기, 메케한 소 독 냄새로 가득했다. 자정이 지나자 소란하던 응급실이 조 용해졌다. 환자들은 잠이 들고 나는 깜깜한 창밖을 보면서 허탈 상태에 빠져있었다. 그때 노랫소리가 가늘게 들렸다. 담당 간호사가 장미꽃 노래를 조용조용하게 콧노래로 흥얼거리고 있었다. 밤새워 병실을 지켜야 하는 그녀에겐 한줄기 바람이었을까. 당신에게서 꽃내음이 나네요./당신의 모습이 장미꽃 같아/당신을 부를 때 당신을 부를 때 장미라고 할래요. / 시각적으로 마음에 와 닿는 느낌 못지않게 청각으로 스며드는 꽃의 향기는 암울한 응급실의 긴장을 완화시키는 청량제였다. 자연치유의 신비한 힘과 우리의 감정을 조절하는 꽃의 존재에 숨어있는 내공은 어떤 신기술도 헤아릴 수 없을 것 같다.

숲에서 떼 지어 나는 하루살이도 한낮의 짧은 생애가 천년에 값한다는 말이 있듯이 우리의 삶 그 자체도 순간에 전 생애를 걸고 헛되이 흘려서는 안 될 것 같다.

기우는 생의 쓸쓸함을 자연과 더 밀접한 관계를 맺고 그들의 소리에 귀 기울이며 신묘한 대지에 맡겨볼까 한다. 봄날은 온다.

소리쟁이

가끔씩 해질녘에 뜰에 나가 동백꽃 빛으로 물들어가는 노을을 본다. 버스길 건너 멀리 높은 아파트 건물 사이로 보이는 도심의 일몰은 조각난 퍼즐 맞추기와 같다. 내 유년이 묻혀 있는 그곳 산당화 꽃빛으로 물들어 가던 노을은 감히 상상할 수 없지만, 하얀 앞치마를 두르고 저녁 준비하던 엄마의 손끝에 묻어나던 고소한 참기름 냄새며, 쇠죽 끓이는 굴뚝의 저녁연기가 머리 풀고 춤추던 하늘빛, 무엇보다 어둠살이 짙어가는 마을을. 휘감는 하모니카 소리. 그 애절함이 농촌생활과 고된 시집살이에 힘든 새댁들의 눈시울을 적시게도 했을 것이다. 〈그 집 앞〉, 〈비목〉, 〈아 목동아〉 등으로 이어지는 아름다운 곡들을 한 뼘밖에 안 되는 관악기로 연주하는 그 청년의 신기에 가까운 선율에 감동했으니 말이다.

하모니카 소리는 멀리서 들어야 제격이다. 비안개 자욱이 내리거나 달무리 어슴푸레 지는 밤. 바람에 실려 가는 하모니카 연주는 들뜬 마음을 누르고 있는 동네 처녀들의 심장을 벌렁거리게도 했다. 연잎이 한창 기세 좋게 줄기를 뻗어 올리는 초여름 밤. 배틀한 연잎 내음이 발걸음에 감길 만큼 짙게 깔리면 땅내 맡은 벼포기들이 남실거리는 논배미에선 개구리들의 합창이 요란하고 고즈넉한 시골 밤의 정서를 흔들어 놓기에 충분했다.

　나는 가끔씩 막연하게 길을 나서는 심사로 지나간 시간의 채널에 주파수를 맞추어 보곤 한다. 삭제해버리고 싶은 파일도 있지만 되감기에서 건져 올린 햇감자 냄새나는 순간들이 나를 붙잡는다.

　소리에도 색깔이 있다. 오카리나 소리는 깊은 물빛을 머금고 있어 청아하다. 유리알처럼 맑은 아침을 깨우는 오카리나 소리. 초등학생의 초보 소리다. 우리 동네는 어린 학생이 없는데 누구네 집에 방학을 맞아 손자가 온 것 같다. 연주는 서툴렀지만 〈섬집아기〉 노래는 이 적막한 동네를 실핏줄처럼 구석구석 돌아 생기를 불어넣는다. 고사리 같은 작은 손에 앙증맞은 오카리나를 들고 창가에 앉아 불고 있을 것이다. 재미있는 상상에 절로 입 꼬리가 올라간다.

　꽃도 잎도 향기도 사라진 뜰에 내려서면 수문장 같은 향나무 몇 그루 결곡한 추위와 맞서고 있다. 무료하고 시름겨운 삼동에 예고 없이 아마추어 소리쟁이嘢들이 왔다. 대문을 들어서면서 떠들썩하다. 을미년 정초 지신밟기는 저절로 판이 벌어졌다.

소리도 깊어지면 겸손해지는 법. 아마추어들은 먼저 얄팍한 실력을 드러내고 들썩거린다. 하기야 학교 다닐 때부터 어디로 튈지 모르는 불안요소 덩어리였으니, 인생 끝자락에서 익살과 해학이 넘쳐나는 건 어쩌면 당연한 것인지도 모르겠다.

흙내음 속에서 꿈을 키워온 사람들끼리 시골밥상이 제격이다. 땡초와 버섯을 넣고 끓인 된장찌개, 묵은지와 수육의 만남, 고향 생각나는 점심을 콧잔등에 땀을 삐죽이며 왁자하게 먹었다. 나이 들수록 원시적일지라도 배부름 한 가지만으로도 자족할 수 있어야 외로움에 찌들리는 것을 피할 수 있지 않을까.

깊은 항아리에서 일 년 간 숙성을 거친 매실주에 얼음을 동동 띄우고 노가리 몇 마리를 제물로 축배를 들었다. 술과 소리는 연료와 엔진인가. 마술처럼 소리의 주파수에 안테나를 세우고 슬슬 시동을 건다. 눈을 지그시 감고 태평가에 목청을 뽑는다. 고수의 추임새는 없어도 소리의 물결은 잔잔하다 격랑에 휩쓸리다 스스로 흥에 겨워 어깨를 들썩이며 춤사위로 이어진다. 목석같은 내 안의 감정은 건조하다 못해 초라하기만 하고 소리가 담을 넘을까 봐 손사래만 쳤다.

책가방을 든 채 장터 약장수의 노랫가락에 홀려 다니는 딸을 걱정하는 엄마의 마음속엔 술과 노래로 살다 일찍 세상 떠난 남편 생각이 났을 것이다. 상여가 나갈 때 요령을 흔들며 불쌍한 영혼을 달래는 앞소리쟁이였으니.

유전인자의 내림은 기어이 소리판으로 그녀를 불러냈으니 끼는 못 속이는가 보다. 무엇엔가 빠져들 수 있는 강력한 끌림은 일상의 볼륨을 풍성하게도 한다.

지난날의 신산했던 시간들을 훌훌 털어버리고 자유분방하게 사는 그녀가 부럽다. 하기야 새로운 길을 지향하려는 끊임없는 갈등의 부대낌도 없고 어떤 여망의 애틋함도 없는 여정의 말미에서 망설일 것도 없었겠지.

앞집 그림자가 뜰 안의 햇빛을 잠식하고 소리 잔치는 막을 내렸다. 타종이 끝난 뒤 오래오래 그윽한 종소리처럼 오늘의 풍요로움이 느리게 또 둥글게 내 집에 머물렀으면 좋겠다.

병풍, 묵향

찬바람이 창문 틈새를 파고드는 동지 즈음에 안방 창가에 병풍을 두르고 한겨울을 아늑하게 지낸다. 장식용이거나 무엇을 가리고자 함은 아니고 찬 기운을 피하고 외로운 바람을 막는 의미도 숨어있어 위로가 된다.

세월이 허물어져 창살에 쌓이는 밤. 적막한 어둠의 무게에 눌려 답답한 시간이면 방안 가득 불을 밝히고 병풍에 그려진 산수화 속으로 들어간다.

향림사 묘혜 스님과의 인연. 나지막한 산자락에 향나무가 병풍처럼 감싸고 있는 작은 암자. 자태가 다소곳하다. 시간의 묵은 옷을 입지 못한 단청이며 나뭇결 등속이 마냥 새뜻했다. 숟가락 몇십 개로 근근이 절집 살림을 꾸려가는 비구니 스님의 장삼자락이 무거워 보였다. 떠나버린 영혼, 이승의 이름으로 시주함에 봉투를 넣고 산문 밖으로 나오는데 스님은 작은 병풍을 차 뒤 칸에 싣고 있었다.

묵향이 그윽한 병풍을 보낸 스님의 의중을 어찌 모르랴. 신열을 앓고 있는 내 영혼의 촛불에 바람을 막아주라는, 허방을 딛듯 중심을 잃은 마음에 동아줄이 되어 흔들림 없이 살아가라는 깊은 뜻을, 내 삶의 지표가 되어준 莫言 莫食 莫行의 의미를. 어떤 연으로 맺어지는 만남은 상대에 대한 예우에서 함부로 할 수 없는 무언의 약속이 내재되어 있다.

창문에 뽁뽁이를 붙였다. 구조적으로 문이 많은 주택은 결곡한 삼동 추위와 맞서기가 여간 아니다. 누구의 발상인지 이 기발한 아이디어 덕분에 집안이 한결 따뜻해졌다. 커튼은 한쪽을 접으면 안과 밖의 소통이 가능하지만 뽁뽁이의 절대적인 강제성은 밖의 세상을 용납하지 않는다. 유리문과는 궁합이 잘 맞아 한 번의 합일로 찰떡처럼 붙어산다. 한 치의 여유도 없을 것 같은 뽁뽁이도 검은 밤을 감싸주는 포근함이 있으니 여기에도 양날의 의미는 있는 것 같다.

그렇게 아름답지도 신비롭지도 않은 내 삶의 속내를 달님은 한 달이면 절반을 훔쳐보곤 했다. 하염없이 빛바래진 맹물 같은 그 날이 겹쳐질 뿐인데 무엇이 궁금하여 기웃거리는지. 이번 겨울은 창문 눈을 막아놓았으니 섭섭해할 것 같다.

온몸이 꼬이고 꼬인 뒤에 제집 처마에 등꽃을 내다 거는 등나무를 보며 가족이란 이름을 떠올린다. 얽히고설키면서 서로에게 병풍이 되어주고 등불이 되며 때론 아름다운 배경이 되어주는 우리 인간사의 섭리는 신의 경계를 넘볼 만큼 위대하다는 생각이 든다.

떠나고 싶을 때 떠날 수 없고 머물고 싶을 때 머물 수 없으니 늘 떠나고 싶어지고 늘 머물고 싶은 것이 삶. 한 생을 건너오는 동안 마음속에 출렁이는 나를 망설이게 했던 실체의 절반은 바람이 아니었나 싶다. 꽃도 흔들리며 핀다고 했으니.

강물도 풀린다는 우수도 지났으니 봄이 채비 중이겠다. 그러나 한 번은 몸 낮추라는 소식일까. 꽃망울 매단 동백나무 몸통을 훑는 바람이 아직은 시리다.

묵향 그윽한 병풍을 접어 겨울을 마무리한다.

커튼

모기 몇 마리가 창문에 붙어서 낮잠을 즐기고 있다. 지난 밤 잠을 설치게 하고 내 손으로 뺨을 몇 차례 때리게 한 주범이 눈앞에 있다고 생각하니 어떤 방법으로라도 잡으려고 파리채를 찾았다. 눈치를 챈 모기들이 흩어져 도망 다닌다. 안 되겠다 싶어 전자 모기채를 꺼내어 허공을 휘두르기 시작했다. 전세가 불리해진 모기들이 커튼 속으로 숨어서 꼼작도 않는다. 찾기를 포기한다.

커튼 주름 사이에 은둔하다가 밤이 되면 얼씨구나 하고 달려들겠지. 싸움의 상대는 나밖에 없으니 응전 태세를 갖추고 한판 전쟁을 치러야 될 것 같다. 생각해 보니 저 모기들도 늙었거나 아니면 바보가 아닐까. 앞집 이층에 사는 젊은 부부도 있고, 옆집 욱이네에 예쁜 아가씨도 있다. 신선한 먹을거리를 두고 왜 하필 신선도 떨어진 내 집인가. 모기도 늙으면 의식이 희미해져서 분별을 못하거나 멍청해지는 모양이다.

계절이 바뀌어도 떠날 줄 모른다. 겨울에도 따뜻한 커튼

뒤에 숨어서 나와 함께 삼동을 지낸다. 행여 내가 외로울까 봐 측은지심에서라면 당장 분무기로 약을 뿌려서 내쫓을 생각이다.

신혼 때 일이다. 창문에 휘장을 왜 치느냐고 시어머님께 혼이 난 적이 있다. 어머님은 커튼을 휘장이라고 했다. 가족들과 정도 채 들기 전에 어머님과 의논 없이 맘대로 창문에 커튼을 했으니 야단 들을 만도 했다. 며느리 위치에서 보면 그렇게 화만 낼 일이 아니었다. 투명 유리로 된 창문 안과 밖의 경계가 모호해서 여간 신경 쓰이는 게 아니었다. 어렵기만 한 시어머님과 시동생, 시누이, 일하는 사람. 대가족의 웅성거림 속에 적응하기란 쉽지 않았다. 낯선 땅에 떨어진 씨앗이 발아되어 뿌리내리고 새잎이 돋을 때까지 주변 환경이 도와주어야 한다는 생각은 왜 못할까.

커튼의 속성은 경계가 따른다. 사물을 가린다는 의미를 떠올리면 편 가르기도 숨어있고 무엇을 거부하는 면도 있다. 커튼이 드리워진 창문 안에는 따뜻하고 아늑한 분위기가, 밖에서의 느낌은 거리감이다. 가족의 울타리 안에서 거리를 두면 정이 성글어지고 틈이 생긴다. 옛 어른들이 가정을 다스림에는 열린 공간과 소통이 있었다. 화목은 제가지본和睦齊家之本이라는 어른들의 지혜를 따르지 못한 부족함이 나를 부끄럽게 했다.

같은 집에서 삼십 년을 살다 보니 지겨울 때도 있다. 한

곳에 못 박힌 듯 살고 있는 내 융통성 없음도 한몫을 한다. 젊은 사람은 구식 집을 정리하고 아파트로 쉽게 옮겨 간다. 나는 이러지도 저러지도 못한다. 은은한 색깔의 벽지로 도배를 하고 안정된 무늬로 짜인 천을 골라 커튼을 바꿔 환경 변화를 하는 것이 고작이다.

멀리 개 짖는 소리도 반가운 긴 겨울밤. 뜰에 나무들도 시커먼 괴물처럼 집안을 기웃거린다. 동백나무를 흔들고 가는 바람소리도 으스스하다. 창문마다 커튼을 깊게 내리고 모과 빛 전등이 집안을 가득 채우면 마음이 안정되고 편안하다. 그러나 잠 못 드는 밤이면 커튼 속에 웅크리고 있던 과거와 현재가 왁자하게 쏟아져 나와 과거로의 잠행을 시도한다.

삼복더위가 코앞에서 줄타기를 한다. 치렁치렁한 커튼을 걷어내고 맑은 유리창을 통해 성성한 유월의 녹음을 집 안으로 초대하여 한여름 느긋하게 청복을 누려보리라. 그리고 햇살이 출렁이는 뜰을 향해 창문을 활짝 열고 언제일지 모르는 그 누구를 기다려 보리라. 꽃피는 나무 위로 새가 날고, 기다리다 더욱 목이 길어진다 하여도 이 묵언의 세레나데는 여여하리라.

엉뚱한 생각

무소식이 희소식이란 핑계로 서로를 묻어두고 지냈던 선배로부터 엉뚱한 전화가 왔다. 뜬금없이 '얘 나이를 아껴 써라' 한다. 나이가 무슨 고무줄인가. 전화하는 본새로 봐서 농담은 아닌 것 같고 무슨 신변에 이상이 있었나 싶었지만, 매실을 보내겠다고 우리 집 주소를 정확하게 기억하는 걸 봐서 머리에 감전이 된 것도 아닌 것 같다.

내 앞에 툭 던져진 이 미스터리한 화두를 놓고 오히려 내 머릿속이 뒤숭숭하다. 가끔은 엉뚱한 생각을 하는 게 재미있을 때도 있다. 무료한 일상에 새콤달콤한 발상의 전환이 필요하다. 그래야 창의적인 생각으로 이어져 무엇보다 삶이 지루해지지 않을 것 같아서다. 하지만 나이를 아껴 쓰라니, 무슨 돈키호테 같은 소리인가. 육이오 전쟁을 건너오면서 몽당연필도 아껴 써야 하는 절약정신은 천진한 동심의 한쪽을 차지했고, 한 생을 다하도록 그 무장은 해제되지 않고 있다.

몇 살 위에서 우쭐대던 그 위세는 세월의 무게에 덜미가 잡혀 꼬리를 감추었고 웃으며 이야기하는 선배의 뒷면으로 울창한 허무가 엿보인다. 매실 수확에 일손이 모자라 노부부가 종일 매실나무와 씨름을 한다는, 가뭄에 고추 모종이 시들어 속상하다는 이야기를 들으면 선배의 고단한 일상이 아른거려 마음이 짠하다. 귀농이란 허울 좋은 꿈에 시작한 농촌생활에 몸도 마음도 지쳐서 나이보다 훌쩍 넘어 망가진 자신을 돌아보면 어찌 아픈 미련이 없을까.

시간의 무덤에서 태어나 숫자로만 존재하는 나이. 거추장스럽기만 한 나이를 보자기에 싸서 선반 위에 올려놓고 필요할 때 조금씩 야금야금 꺼내 쓸 수 있다면. 세상 모든 것들은 많을수록 좋은 것으로 해석되는데. 역으로 나이는 적을수록 쓰임에서 대접을 받는 현실이니 어디 가서 뚝 떼어 강물에 던져버릴까. 나도 별수 없이 아이로 돌아가고 있구나 싶어 쓴웃음이 나온다.

젊은 시절엔 시건방이 부추기는 대로 촐랑거린 적도 있었다. 나이의 무게는 나와 상관없는, 내가 모시고 사십 년을 함께한 시어머님 세계에만 존재하는 것이라고 무관심했었다. 그러나 가당찮은 무관심은 살금살금 내 안의 담을 넘어와 슬그머니 동거하고 있으니, 이 불편한 진실 앞에 꼼짝 못 하고 지금 나는 번호 없는 수인이다.

세월은 오는 것도 가는 것도 아닌 것 같다. 그 세월 속에 있는 사람이 사물이 현상이 오고 가는 것이다. 철학자들의 표현에 의하면 시간 자체는 존재하는 것, 흐르는 것도 아니고 그냥 있는 것이라고 한다. 나 자신이 시간 속에서 오고 가는 것이다. 솜털보다 가볍고 경솔한 시간이지만 어차피 우리는 시간의 그네를 외면하지 못한다. 시간 관리는 곧 인생을 지혜롭게 사는 것과 직결되어 있으니. 수어지교水魚之交라고 할까.

우리의 인생은 시간의 끊임없는 시달림에서 핏빛으로 멍들기도 하고 벗어날 수 없는 운명에 순종하며 바람 따라 흘러온 것 아닌가. 시간의 수레바퀴 아래 소리 없이 빨려 들고 마는 상상을 하면 몸서리를 치곤 한다. 시간은 무엇일까. 태양을 쫓아다니는 졸병, 밤과 낮을 재단하는 곡예사, 시간이 보이지 않는 곳으로 도망치고 싶지만 휴대폰에 내장된 녀석은 지능적으로 따라다닌다.

아직도 나 자신의 삶의 속도를 찾지 못하고 불안하고 허둥댈 때도 있다. 때로 감성, 본성에 따라 행할 때도 있으니 말이다. 엉뚱한 생각은 나이도 초월하는 것 같다. 성형외과를 들락거리는 것보다 다른 사람 앞에서 구차한 주접이나 곱잖은 행티를 떨지 말고, 나이를 핑계로 주책을 정당화하려는 억지를 부리지 않는 것이 나이를 절약하는 길이지 싶다. 인생의 샛길을 걸으며 자연이 베풀어주는 풍광과 더불어 천천히, 느리게 음미하면서, 책과 만나는 시간을 더 늘리면서, 삶이 잔잔한 호수처럼 느껴지도록 나 자신의 템

포를 조율해야겠다.

　지금 창 밖에 내리고 있는 비의 시간이 수직이라고 말할
수 있는 이 순간이 좋다.

제3부

돌아보지 마라

향냄새가 법당 안을 맴돌고 목탁소리는 앞산으로 건너가 나무들을 깨운다. 스님의 법문에 불자들은 고요히 귀 기울이고 말씀의 행간에 무거운 침묵이 흐른다. 윤달에만 행하는 생전 예수제豫修濟의 의미와 남은 생을 어떻게 살 것인가에 대하여 화두를 던지고 있다.

살아오면서 알게 모르게 지은 업장을 저세상 건너가기 전 이승에서 불전에 제를 올리고 참회하고 소멸하는 행사다. 숨소리도 멈춰버린 넓은 법당을 가득 메운 어머니 할머님들 조용히 눈을 감고 살아온 날들의 빛과 그림자를 돌아보며 두 손 모으는 모습이 자못 경건하다. 세상의 모든 고요가 이 절에서 출발한 것 같다. 착한 일을 많이 못했어도 나쁜 짓을 안 했다면 너무 주눅들 필요는 없는 것 같다. 흔들림 없는 평상심으로 삶의 결을 다듬어 가는 일이 그리 쉬운 일인가. 산다는 것이 우리를 얼마나 쩨쩨하게 만들었는데.

눈을 감고 설법을 경청하고 있는 내 마음속도 편치 않다.

칠순의 회랑을 건너오면서 어떤 업을 지었는가. 사노라면 과오를 범할 수도 있고 시행착오도 많았겠지. 꼭 나쁜 일이 아니면 다반사로 일어나는 사연들 속에서 세상은 눈감아주고 나는 또 우쭐대며 물색없는 행동을 하지 않았는지. 떠나간 시간의 행간을 헤집으며 필름을 풀었다 감았다 저울질을 한다.

세상과 연을 맺어준 내 부모님보다 더 많은 세월을 함께한 시어머님과는 무난하게 지냈다. 다만 탕수육을 좋아하신다는 사실을 사십 년을 모시고도 몰랐던 게 잘못이었다. 기름진 음식을 꺼리는 식성을 알기에 별 신경을 쓰지 못한 게 후회로 남는다. 속죄하는 마음에 제사상에 꼭 탕수육을 올리고 조심스레 어머님의 눈치를 본다. 사진 속에서 입을 삐죽이지는 않는지, 지나고 보면 미안한 생각뿐이다.

절친한 동갑내기가 다 늦은 나이에 남자친구를 만나 새 출발을 할 때, 한사코 말리고 막말을 해댔던 것이 가슴에 턱 걸린다. '차돌에 바람 들면 썩돌보다 못하다'는 속담이 괜한 것 아니었다. 한번 바람은 걷잡을 수 없어 주위 시선에도 막무가내다. 여자의 마지막 자존심, 부끄럼도 던져버리는 뻔뻔한 행동에 빗장을 걸고 외면했었다. 축하를 했어야 옳았는지, 괜한 심술을 부린 건지, 때늦은 참회를 한다.

나는 스스로에 엄격했다. 그것은 자신을 다스리는 한 방편이었고, 외부의 시선을 경계하는 나에 대한 책임이었다.

우리 삶의 명제인 화두를 그날의 일과에 두고 깨어있지 않으면 경쟁사회에서 도태되는 현실의 길 위에서 우물쭈물할 여지가 없었다. 나사를 좀 풀고 살아라, 그러다가 시멘트 되겠다. 친구들의 따뜻한 조언에도 긴장의 끈을 놓지 못하는 쫌생이었으니. 습관은 그 사람의 인생을 좌우한다는 어느 정신과 의사의 말은 내 생활에 잣대를 들이댄 것 같다. 가끔은 조용한 응원을 받고 싶을 때도 있었다.

승과 속의 경계에 잿빛 승복이 있다. 학인 스님이 추리닝 복장에 챙모자 눌러쓰고 자동차 핸들을 잡고 산문을 벗어나 산모퉁이를 휙 돌아간다. 급한 일이 생겼는가. 내가 보기엔 휘파람이라도 불 것처럼 신이 나 보인다. 스님이라고 휘청대는 번뇌가 어찌 없을까.

속인들은 먹고 입고 행함에 엄격한 울타리는 없어도, 떠오르는 생각이나 감정에 끌려 다니다 보면 선업의 경계에서 방황하게 된다. 때로는 눈물이 또 웃음이 씨줄과 날줄로 점철된 우리네 인생살이. 어차피 한 생을 건너는 광대가 아닐는지. 그렇게 화려하지도 남루하지도 않은 내 삶의 흔적들. 온몸으로 관통해 온 세월의 저편을 돌아보지 않으리라.

산바람은 먹먹한 가슴을 풀어내는 청량제. 감히 그 값을 헤아릴 수 없는 솔바람을 사 가지고 돌아오는 발걸음이 가볍다. 이끼와 덩굴을 두른 바위 사이로 누가 먼저랄 거 없이 사이좋게 흐르는 물처럼 남은 생은 여여如如 했으면 좋겠다.

서로 성가실 게 없게끔 적절하게 늘어선 나무들. 미묘한 수석들과 물이 황급히 교접하기를 거듭하는 계곡은 마냥 맑은 기운을 뿜는다.

하늘은 아득한 청자빛이다.

편지

 편지를 쓰는 것은 서로의 마음을 대신하는 의미가 담겨 있어 받는 쪽도 쓰는 쪽도 행복한 위로가 된다. 주위로부터 상처를 받았을 때나 외로움이 슬픔이 되어 북받쳐 오르는 날에는 편지에서 받는 따뜻한 위로의 필연성은 한결 절실하다.

 동구 밖 느티나무처럼 고향을 떠나지 못하고 붙박여 사는 단발머리 친구 연이와 또박또박 눌러쓴 편지를 주고받는 기쁨은, 일테면 권커니 자커니 할 때 쓰이는 술잔 같은 것. 떨어져 있어도 깊은 우정은 그 거리를 메우고도 남는다. 컴퓨터로 글 찍기 하는 것보다 펜으로 쓰는 글이 더 정겹고 영혼을 담아 쓰는 글이라 가슴에 와 닿는다. 습관도 있지만 쓰는 일을 기계에 의존하다 보면 펜으로 쓰는 글자가 바르게 쓰이지 않으면 어쩌나 하는 염려도 살짝 있다.

 연이의 편지 속에 담겨오는 고향 냄새, 풍경, 어릴 때 듣던 엄마 목소리도 함께 실려 온다. 몸이 안 좋아 세상 밖으로 나오지 못하는 연이의 심정이 편지글 이랑에 절절히 배어있다. 강물 같은 삶에 파문이 이는 이런 날이면 전깃줄을 타고 온 유년의 바람은 그리움을 왁자하게 데불고 층층이 높은 아파트를 돌아 거북이 등으로 엎드린 내 집 창문을 두드린다. 같은 마을에서 키재기를 하며 유년을 보낸 우리는 학교 성적도 고만고만했다. 학교 가는 길에 마을 토속신을 모신 당산이 있었다. 그 앞을 지날 때 절을 하지 않으면 성적이 덜어진다는 말이 친구들 사이에 떠돌았다. 등교 시간에 쫓겨 그냥 지나쳐버리면 뒤돌아가서 절을 해야 마음이 편했다.

산촌의 생활이란 비위생적인 부분에 노출되는 경우가 많아 병의 원인제공이 된 것인지 파킨슨병을 앓고 있는 연이는 전화를 받을 때도 손 떨림으로부터 자유롭지 못하다고 한다. 지난해 절친한 고향 까마귀가 이승을 떠나고 그 후에 우리의 편지 왕래는 더 잦아졌다. 나는 바다 냄새나는 글을 보낸다. 광안대교의 야경도 담고 백화점의 북적대는 사람 소리도 담고 지하철 안 경로석에서 일어나는 재미있는 이야기도 담는다. 지나간 것들에 대한 아쉬움을 조금씩 끄집어내어 글을 쓰면 세월은 그 기억들의 힘을 이기지 못하고 아주 멀어진 옛일도 서로를 다독이는 향기가 된다.

하늘이 청자처럼 푸르고 탱탱하던 여름날 화려한 꽃송이를 매단 호접란이 내 집으로 왔다. 백자 항아리 반을 자른 형태의 어리숙하고도 순진한 달 항아리 반쪽을 호접란이 차지하고 있다.

무미건조한 내 생활에 난을 벗 삼아 낭만적인 여름을 즐기라는 위로의 글이 담겨있다. 난이 뿜어내는 아름다운 풍경과 낭만이라는 글자가 가슴 저릿한 무엇이 되어 화살처럼 날아온다. 낭만이란 어휘 속에 숨어있는 달콤하고 아련한 감성이 가슴 저편 먼 세계로 느껴진다. 일상이란 관성에 매몰되어 하루하루가 부식되어 가는 자신을 인식 못하고 그렇게 시간만 흘러갔다. 낭만은 우리 삶 속에 항상 함께 있는 것이지 현실과 낭만이 따로 있는 게 아니란 걸 깨닫지 못한 미련스러움으로 건조한 정신세계에서 방황한 것 같다.

서양 난은 개방적이고 도발적인 멋스러움이 있다. 맹숭맹숭하던 집안에 생기가 돈다. 대자리 깔아놓은 시원한 대청에 있는 호접란 옆에 있으면 머리가 맑아지고 청아한 바람 한줄기 불어온다. 상대가 어떤 물체이든 '함께'라는 당김의 힘은 일상의 권태와 대화의 궁핍에서 오는 고독을 밀어낸다. 홀로움이란 자신을 적요의 바다에 담가 세상과의 싸움에서 묻은 때를 말갛게 씻어내는 행위라고 애써 변명하기도 한다. 삶이란 심사숙고하면 철학에 가까워진다. 조금 해학적 단순함이 삶의 열락일 수도 있음을 생각해 본다.

허수아비에 비유하는 연이에게 허수아비는 참새들이 쉬어갈 수 있게 어깨를 내줄 수 있으니 탄식하지 말라고, 참는 것과 견딤의 사이에서 방황하는 마음을 접으라고, 낭만은 도라지 위스키에 있는 것이 아니고 너와 함께 있음을 편지에 담아 보내야겠다.

낙엽이 있어 외롭지 않은 이 가을. 아직 그리움이 이어져 있다는 거 우리는 충분히 행복하다.

연등

　한줄기 바람결에도 초록빛 물결이 일렁이는 초여름. 햇빛은 보드랍고 바람은 알맞게 살랑인다. 강은 막 깨어난 듯하고 산은 기지개를 높이 켰다. 아침 생수 같은 오월은 늘 신선하고 또 설렘을 동반한다.

　내일을 지나 모레면 산사의 넓은 뜰에도 연등이 내걸리는 성자의 탄일이다. 정갈한 마음가짐으로 먼저 그분께 경배를 올렸다. 초파일 전에 세존께 올리는 나만의 예의다. 연등에 불을 밝힐 때면 가난한 노파가 세존께 올렸던 유등 하나가 나를 부끄럽게 한다. 기름값을 구걸하여 밝힌 유등에는 노파의 지극한 정성이 담겨있어 세존께선 여타의 것들을 제쳐놓고 노파의 공양을 으뜸으로 여기셨다. 밤이 이슥하도록 가장 밝았다고 한다. 지극한 마음 한자리. 그것이 종교가 지닌 본질임에도 나는 매번 가족의 안녕만을 기원하는 어미의 심정에서 헤어나질 못하고 기도의 분량이 욕심 쪽으로 기울고 있으니 얼굴이 붉어진다.

　간밤에 내린 부슬비에 분홍빛 작약이 꽃문을 열었다. 꽃잎이 열린 오늘은 첫새벽에 몸을 씻고 찬물에 머리를 헹구고 절에 갈 준비를 서둘렀다. 건넛집 할아버지가 건네준 봉투도 챙겨 가방에 넣었다. 연등을 부탁하고 돌아서는 노인의 뒷모습에 고독한 일상이 음영처럼 드리워져 깊이 배어 있다. 봉투를 열어보았다. 맑은 한지에 삐뚤삐뚤한 글씨로 아들의 이름이 적혀있고 만 원짜리 석 장이 포개져 있다. 몇 년째 소식이 없는 자식의 안녕을 기원하는 늙은 아버지의 염원은 눈물겹다.

할아버지는 젊은 시절 바다를 떠도는 외항 선원이었다. 고향을 북쪽에 두고 왔으니 마음 붙일 곳 없는 외톨이였다고 한다. 배가 항구에 정박하면 마땅히 갈 곳 없는 터라 부둣가 식당에서 시간을 보냈다. 수더분한 성격에 늘 외로움에 절어있던 청년은 식당 집 딸과 인연이 닿아 혼인을 했다. 처음으로 가족이 생기고 마음 붙일 곳이 있어 행복했었다. 그러나 바닷바람이 든 사람은 또 배를 타야 했다. 외항선의 항해는 기약이 없다. 연중 한번 들를까 말까 하는 남편은 지나가는 바람이었고 대문의 문패가 주인행세를 했다.

삼신할매의 도움으로 얻은 아들 하나가 젊은 엄마가 살아가는 이유였고 희망이었다. 오로지 아들에 온 정성을 쏟았지만 아들은 그 엄마의 희망을 외면했다. 고등학교 다닐 때부터 고의춤에 손이나 찔러 넣고 어슬렁거리는 족속들과 어울려 다니면서 공부와는 담을 쌓았다. 아버지의 빈자리를 메울 수 없는 틈새를 바람처럼 들락거렸다. 은행통장을 들고나간 아들은 종무소식이었다. 하세월 대문을 열어놓고 기다리던 엄마가 세상을 떠나고 혼자 남은 할아버지는 복지관 도우미의 돌봄을 받고 있다. 인간사란 근면과 성실만으로 통하지 않는 운명의 힘이라는 것이 있는 것 같다. 그렇지 않고서야 어찌 노인의 말년이 지지리도 박복하게 암울한 구렁텅이로 말려들어 가는지…….

담 너머 마른기침 소리로 노인의 서러운 안녕을 확인하곤 한다. 천방지축 뻗어나간 은행나무 가지 사이로 모과빛 불빛이 새어 나오면 긴 밤을 텔레비전과 씨름하거나 머리맡의 냉수 한 모금으로 목을 축이고 멀리 개 짖는 소리 들으며 전기장판 위에서 잠을 청할 것이다.

노인은 웃음을 잃은 지 오래다. 인생의 향기이자 활력소인 웃음. 그마저도 인색해지고 생산되질 않으니 억지로 웃을 수는 없는 노릇 아닌가. 늙음. 그 자체는 당사자의 의지와는 무관하게 찾아온다. 나는 무척 억울한 징벌 같은 것이라는 생각이 든다. 세월은 또 그렇게 시나브로 흘러가고 소소한 기쁨과 울컥거림의 조화를 통해 제출물로 살아가게 마련인가 보다.

대웅전 앞뜰엔 색색의 연등으로 가히 꽃밭이다. 저마다 소망을 담은 글귀가 연등 끝에 나풀거린다. 절집에선 석탄

일이 연중 큰 행사다. 좋은 위치에 등을 걸고 싶어 자리다 툼하는 보살도 보인다. 나뭇가지에 걸어놓거나 해우소 앞에 걸어놓거나 처처불이라 했거늘 좋은 자리가 따로 있겠는가.

부처님 앞에 무릎을 꿇었다. '가난한 노파가 올린 유등 하나의 지극함이나 자식을 기다리는 늙은 아비의 간절한 염원이 무엇이 다르겠습니까. 노인의 당연한 기다림이 헛되지 않게 해주십시오'라고 간절히 아뢰었다.

그랬음에도 마음은 여전히 편치 않았다. 불공평한 세상살이에 우울한 기분을 달래 준 것은 뜻밖에도 라디오에서 흘러나오는 유행가 한 소절이었다. '세상살이 뭐 다 그런 거지 뭐.' 노랫말 속에도 철학이 숨어있다.

할아버지 방에 작은 연꽃등 하나 걸어주었다.

견디지 않아도 괜찮아

밤낮을 엎드린 자세로 견디자니 하루가 열흘 같다. 마라
토너는 반환점에서 다시 힘을 낸다고 한다. 내가 뛰고 있
는 느린 레이스는 반환점도 보이지 않는다.

왼쪽 눈 망막박리 수술을 받고 입원에서 풀려날 때 의사
는 판사가 죄인에게 선고하듯 육십 날을 밤낮으로 엎드려
지내야 한다고 중형을 내렸다. 환자에 따라 시일의 격차가
있으나 내 경우는 최고의 형량이었다. 수술한 눈에 '까스'
라는 약물을 투입하고 자연스럽게 소멸되기까지 기다리는
기간이 육십 날이었다. 구 백냥의 가치를 소홀히 한 책임
으론 너무 가혹한 벌칙이다.

밖으로 치닫는 충동을 오지항아리에 김칫돌 짓눌러 놓듯
억지춘향 우격다짐으로 눌러놓았다. 머리를 들 수 없고 천
장을 쳐다보는 자세로 잠을 잘 수 없는 고행의 시작이었다.
얼마나 겸손해야 하며 두려워해야 한 생의 징검다리를 건
널 수 있는지. 내 삶의 공식 사이에 이렇게 어처구니없는
블랙홀이 숨어있는 줄 몰랐다. 어디로 튕겨나갈 수도 없는

삶의 사이클, 그것은 가히 위협이 아니던가.

수술받은 왼쪽 눈은 봉합이 당연하지만 오른쪽은 웬 고생인가. 깜깜한 바다에 한 잎 잎사귀로 표류하는 절박한 처지에 부딪히면서 구 백냥의 소중함을 아무렇지 않게 흘려버린 경솔한 행동에 후회가 겹친다.

정지된 시간 속에 갇힌 생각들이 과거와 현재를 넘나들며 영혼을 들볶는다. 자신을 훈련하고 경작한다는 의미에 무게를 두고 내 안을 성찰하는 기회를 노려보지만 생각이란 놈의 횡포가 맹랑하다. 보잘것없는 생각의 산물이거나 불량제품일 가망성이 많은 것들이 마구 머릿속을 휘젓고 무위무심의 작은 수행도 힘들게 한다.

박완서 작가는 '고통은 극복하는 것이 아니고 그냥 견디는 것이다.' 견디는 자세가 인생의 자세라고 했다. 사유로 다져진 고요함이 몸에 배어있는 것도 아니고 날 것의 의식에서 밖으로의 생활에 단련된 영혼은 선뜻 받아들이기 어렵다. 적막하고 답답한 심정은 우리 안의 짐승처럼 웅크리고 있는 내 처지가 불쌍하기도 하고 서럽기도 했다. 세상은 저만치서 손짓하고 물길 저어 닿을 수 없는 작은 섬에 유배된 신세다. 남은 세월에 대한 불안은 이대로 용도폐기될 수도 있겠다는 생각으로 나를 더욱 초조하게 했다.

'견디지 않아도 괜찮아' 힘들 때마다 나를 다독였다. 그날 병원 대기실에서 만난 눈먼 소년을 생각하면 이까짓 고통은 아무것도 아니다. 장래가 창창한 소년의 앞을 막아서는 신의 잔인함에 분노하면서 마음 아팠던 기억은 두고두고 가슴 저릿하다.

우울증이 찾아와 문을 두들겼다. 생면부지의 불청객은 야금야금 내 안으로 들어와 똬리를 틀었다. 무관심 무저항으로 내버려두면 사기만 높여주는 꼴이 되겠다 싶어 정신과 상담을 받았다.

처방전에 웃고 즐기는 운동을 하시오. 흥겨운 분위기에서 즐기는 스포츠댄스나 노래교실은 무뚝뚝한 내 성격엔 언감생심이었다. 배드민턴을 하면서 화근을 불러왔다. 혼자 하는 운동은 싫증이 나서 지속할 수 없고 승부가 있는 게임은 스릴도 있고 위험도 따른다. 우울증의 저주였나. 공에 맞은 왼쪽 눈의 망막 손상 상태가 심각해 원정치료를 했다. 운수가 나쁜 그날 하루를 피했더라면 불행은 막을 수 있었을지 모른다. 운이란 항상 내 편만 들어주는 게 아니었다.

고개 숙인 수행의 육십 일이 지나고 다시 빛을 찾은 감동은 새로 태어난 것처럼 온 세상이 경이로웠다. 서점에서 책을 고르다 눈에 들어온 글귀가 마음에 들었다. '오늘은 내 남은 생의 첫날입니다.' 삶이 힘들 때 원동력이 되는 말, 고통을 이겨내는 희망의 메시지, 내 마음에 큰 울림으로 다가오는 위로, '첫날'이라는 말에는 기쁨을 주는 생명성과

긍정적인 뜻이 담겨있다.

천지가 초록으로 휘청거린다.

가방 속의 약

여행을 갈 때는 가방 속에 약부터 챙깁니다. 심장의 눈치를 보면서 살아야 하는 신세가 한심합니다.

생각해 보면 어이없고 황당한 일입니다. 그 어떤 징후도 보이지 않고 갑작스레 찾아온 운명 같은 심장의 반란에 휘말리어 정신이 아득한 나락으로 끝없이 추락하는 순간이었습니다. 전날 예약한 샘플 문제로 약속시간을 맞추느라 아침 일찍 나갔습니다. 책상에 앉는 순간 갑자기 가슴이 답답하고 숨을 못 쉴 정도로 조였습니다. 정신이 혼미한 상태에서 어떻게 응급실에 실려 갔는지 몰랐습니다. 노크도 없이 들이닥친 운명의 치밀한 작전에 꼼짝없이 수술대 위의 신세가 되었지요. 여러 가지 검사와 내부 촬영이 거듭되고 반나절을 훌쩍 넘기고 관상동맥이 막혔다는 결론이 났습니다. 관상동맥 부분이 막히면 치명적이라는 의사의 소견에 따라 수술을 서둘렀습니다.

무거운 긴장감이 감도는 수술실. 의사의 기도 소리가 침묵을 걷어냈습니다. "환자와 저의 영혼을 모아 기도드립니다. 수술이 잘되게 하소서." 의사의 기도는 약 이상의 약이었습니다.

다행히 수술 결과는 원만했습니다. 창밖에 벚꽃의 개화도 눈부셨고 낙화하는 꽃잎들의 춤사위는 또 얼마나 현란하였는지. 심장이 조여드는 압박감을 견디지 못하여 생사의 갈림길에 놓여 있는 긴박한 제 목숨과는 상관도 없이 우주만물은 처처에서 제 나름대로의 모습을 지켜나가고 있는 것에 배반감마저 들었습니다.

복도에서 들려오는 발자국 소리, 지극히 천연스럽게 웃고 떠드는 사람들의 행위. 나만 아주 먼 외딴섬으로 떠밀리어 온 낯설음과 외로움. 가족들조차 나와는 무관하다는 생각에 서러웠습니다. 봄꽃의 개화도 새순을 키우는 나무와 여린 풀잎들도 거리에 넘실거리는 인파도 자동차의 행렬도 한 인간이 죽고 사는 것과는 별개였습니다. 벼랑 끝에 내몰린 나 혼자만의 생각이지 그 모두는 질서요 순리인 것을. 가당찮고도 어처구니없는 착각에 빠져있었습니다.

오랫동안 병원을 외면하고 살았습니다. 천 길 단애로 내몰린 그 사람을 잡아주지 못한 그 모두를 나 자신에게 책임을 물으면서 현대 의술도, 영험하다고 떠벌리는 약도 믿지 않았습니다. 산다는 것에 큰 의미를 두지 않았으니까요. 인생에 있어서 가장 곤란하고 힘겨운 일이란 삶에 대한 의욕을 상실하는 것이었습니다. 흐르는 시간 따라 내버려둔 몸

뚱이가 저를 좀 봐달라고 호된 경고장을 보낸 것입니다.

정신이 번쩍 들었습니다. 의료보험공단에서 날아온 검사 쪽지도 신문지 뭉치 속에 버리고 오기로 버티다가 과보를 받은 것입니다.

약식동원藥食同源 음식이 곧 약이라는 의미를 되새기고 불포화지방산 재료를 사용하여 식단을 짰습니다. 소식다채보행小食多彩步行을 식탁 맞은편에 커다랗게 붙였습니다. 유산소 운동을 하고 마음속 벨트를 느슨하게 풀어버렸습니다. 집착을 버리고 많이 웃으라고 의사는 약을 넘어 철학적인 자연치유의 길을 알려줍니다. 내 개인의 입장에서 집착이란 책임과 의무의 뜻이 담겨 있을 뿐 혼자만의 어떤 욕심도 없었다고 말하고 싶었지만 그 말은 남겨두었습니다.

오늘도 가방 속에 약을 넣고 외출 준비를 합니다. 저 오만방자한 심장을 어쩌지 못하고.

가을소풍

단청불사를 끝낸 금당만큼이나 화사한 단풍이 절정이다. 절정에 이르러서야 가없이 지는 나뭇잎을 보면서 사람도 원숙한 경지에 이르러 한 생을 거둘 수 있다면. 당치도 않는 생각을 해본다.

추수가 끝나 가는지 황금빛 파스텔조로 물결치던 벼이삭들이 보이지 않는다. 멀리 다랑논에 듬성듬성 남아있을 뿐. 맨살을 드러낸 논에는 긴 휴식의 허허로움만 남아있다. 늦가을 나무 잎새들은 부질없이 떨어져 흙으로 귀환할 준비를 서두르는 것 같다. 한 가지에 나서 각자 흩어지는 스산함이라니. 거추장스러운 푸른 옷을 벗어던지고 알몸으로 세상밖에 나온 뾰족감들의 대단한 시위에 옆에 있는 사과들이 부끄러운지 빨개졌다. 가을은 이미 진중 깊숙이 들어와 한 폭의 그림이다. 그 속에 나도 풍경이 된다.

금당마을의 돌담길. 이끼와 돌꽃이 이 고장 전설을 담고 얼마만큼의 세월을 건너왔는지 가늠하기 어렵다. 친정집에 온 것 같은 푸근함. 고택의 툇마루엔 늦가을 하오의 햇살이 오글오글 모여 있다. 엄마가 그곳에 앉아 마늘을 까고 있는 모습이 얼른 스친다. 뜨거운 기운이 빠져나간 밭에 새끼들을 다 부려놓은 고춧대만 앙상하다. 잎이 다 말라 줄기에 수분 공급도 제대로 못하는 호박넝쿨은 그 끝에 매달려 있는 누룽댕이 호박을 끝까지 붙들고 있다. 무릇 생명이 있는 한 포기를 모르는 저 식물들의 거룩한 끈기. 지나는 길목에 흐드러진 산국의 향기 따라 이 마을 전설이 주저리주저리 이어져 해설가의 달변이 오히려 무색하다.

달콤한 단팥죽이 생각나는 붉은팥과 청포묵의 근원 녹두를 담은 묵직한 봉지를 건네주는, 내 막내 고모 같은 아주머니의 온화한 얼굴. 도회의 가게 아줌마와는 눈빛이 다르다. 신바람이 난 아저씨는 연방 차조와 수수, 율무를 내어온다. 공산품이나 바닷가 물건이 없는 예천 지방에는 오로지 농산물이 수입원이지 달리 무엇이 없는 것 같다. 자식처럼 키운 잡곡들을 지폐 몇 장에 선뜻 내어주는 사람들. 오늘 얻어진 수입이 그분들의 저녁밥상에 웃음으로 반찬이 되었으면 좋겠다. 제 손으로 무엇인가 심고 거두는 기쁨을 아는 사람이라면 농사가 얼마나 큰 만족을 주는지 알 것이다. 그 만족감은 경제적인 성취와는 전혀 무관하다는 것도 농부의 딸로 성장한 탓인가 나는 흙에 대한 고마움을 잊지 못한다.

우리들이 바라는 유토피아란 흙처럼 자애로운 사람들이,

흙처럼 겸허한 사람들이, 흙처럼 생명이 있는 것들을 위해 자신이 지닌 것을 아낌없이 내어주며 모여 사는 곳이 아닐는지. 지식의 끈을 잡고 바둥거리는 도시민들, 속도에 편승하여 자신을 돌아볼 여유를 갖지 못하는 사람들, 계절이 펼쳐놓은 자연 속으로 들어가 단 하루만이라도 흙내음에 취해보면 자신이 얼마만큼의 어리석음에 빠져있는지, 삶의 비타민, 해독제도 흙에 있다고 손나팔이라도 불고 싶다.

속이 훤히 들여다보이는 내성천 뽕뽕다리를 건널 때 조심하느라 그 맑은 물과 눈도 맞추지 못했다. 부실한 허리 때문에 실족이라도 하면 어쩌나 싶은 조바심에 온 신경을 발등에 두었다. 헐렁한 시간의 여유가 주어졌다면 내성천 모래톱에 느긋하게 앉아서 맑은 물에 내 영혼을 씻어내고 사유의 발전소에 불을 지피고 싶은 심정이었다.

삼강주막에 대한 호기심은 늘 마음 한구석에서 기회를 엿보고 있었다. 옛사람이지만 주모의 기발한 아이디어. 글을 몰라도 외상장부를 벽에 두고 길게 짧게 혼자만 아는 기록을 하며 국밥집을 이끌어간 주모는 어떤 사람이었을까. 나름의 철학으로 허기진 보부상들에게 인정을 베푼 주모와 벽에 그어놓은 외상장부의 흔적이 오늘날 예천의 관광수입원이 될 줄이야.

참새가 방앗간을 그냥 못 지나간다는 속담을 어길 수 없어 평상에 모여 앉았다. 배추전과 도토리묵에 막걸리 한 사발,

보부상이 된 기분이다. 입술이 닿은 술잔이 돌아가는 전경을 보면서 김용호 선생의 「주막에서」란 시를 떠올려 본다. 어디든 멀찌감치 통한다는/ 길옆/ 주막/ 그/ 수없이 입술이 닿은/ 이 빠진 낡은 사발에/ 나도 입술을 댄다/ 흡사/ 情처럼 옮아오는/ 막걸리 맛 (중략) 바깥세상은 공무원 연금법이다, 세월호 문제다 해서 벌집 쑤셔놓은 것처럼 시끌벅적해도 오늘 삼강주막에서 마시는 막걸리 한 잔에 천지가 태평성대다. 맑은 내천물이 그렇고 따로 영양제를 먹을 필요가 없는 청정지역이니 그렇다.

이 고장을 지키는 수호신 용문사의 정갈한 경내에는 풍경소리가 찾아오는 손님을 반긴다. 비로자나 부처님을 주불로 모신 대웅전에 들어서면 옷깃을 여미고 흩어진 마음을 모아 합장하고 공손히 경배를 올린다. 오늘 하루도 소홀히 흘리지 말라는 무언의 가르침이 법당 문을 나서는 발걸음을 멈칫하게 한다.

은행나무의 수난

농익은 가을 햇살은 달다. 그 달콤한 유혹에 감전되어 뜰 안을 서성인다. 먼 길을 돌아와 막 꽃망울을 터트리는 국화와 실없는 농을 걸다가 〈꽃밭에서〉를 나직이 흥얼거린다. 불가에선 가섭 존자가 스승의 손에 들린 꽃 한 송이를 보고 지은 미소로서 이심전심이 선근禪根을 세웠다고 전한다. 일손 놓고 국화 앞에서 누리는 한가함이 이월금을 물려받은 것처럼 기분이 좋다.

물쑥을 닮은 국화의 생태는 성장 속도가 빨라서 봄, 여름을 지나면서 몇 차례 웃자란 순을 잘라주어야 꽃이 피는 절정의 시기에 꽃대와 꽃의 조화를 적절하게 맞출 수 있다. 그들도 지겹도록 참고, 또 기다림에 익숙해 있다. 기다림에서 보면 내 신세도 뭐 뒤질 게 없을 만큼 이골이 나있다. 그래도 기다림 속에는 희망과 설렘이 있다. 어떤 일을 터트리고 나면 설렘은 없다. 막연한 기다림, 깜짝 놀랄 무엇이 찾아올 거라는 기대. 나는 가당찮은 이런 상상 속에 날마다 속으면서도 지겹지 않은 맹랑한 부류에 속해 있다.

은행나무도 광합성을 담당하던 엽록소의 역할을 중단시키고, 카로틴 색소를 내보낼 준비를 하는 것 같다. 벌레 한 마리도 발을 들여놓지 못하는 은행나무의 기품은 청백하다. 주변 나무들이 함부로 가지를 뻗질 못한다. 머릿속이 혼란할 때 은행나무를 쳐다보고 있노라면 무념이란 단어가 떠오른다.

언덕배기 은행나무를 장대로 두들긴다. 하는 일없이 빈둥거리며 동네 간섭쟁이로 소문난 앞집 아저씨가 은행을 내놓으라고 사정없이 내리친다. 황금 빛깔로 화려한 변신을 꿈꾸던 잎사귀들이 날벼락을 맞은 셈이다. 다급해진 잎들이 빨리 백기를 들고 투항하라고 은행에게 소리친다. 너희들 때문에 애먼 우리들까지 몽둥이 세례를 받을 수 없다고. 나무들도 주인이 있어야 대우를 받는다. 아무도 보호해줄 이 없는 노숙자들이니 어느 누구도 말리는 사람 없고, 나무도 하소연할 곳이 없다. 막무가내로 장대를 휘둘러대니 어쩔 수 없이 새끼들을 내려놓는다.

식물도 제 새끼 감싸기는 사람과 마찬가지지 싶다. 알맞게 영글어 시집을 보내도 될 시기가 되면 자연스럽게 내려놓을 것을. 기다리지 못하는 사람들의 조급함이 나무를 힘들게 한다. 분리의식도 치르지 못한 채 생이별을 해야 하는 심정은 오죽하랴.

은행나무 두 그루 중 왼쪽 나무는 열매 한 알 생산하지 않고 잎만 성성하다. 오른쪽 나무만 총총히 매달린 새끼들을 껴안고, 뜨거운 여름을 견뎌내고, 귀청 떨어지게 울어 쌌는 매미도 품어 다독이고, 끝내는 장대로 뭇매를 맞아야 하는 엄마나무의 처참한 꼴이라니. 은행나무는 짝과 마주 있어야 열매를 생산한다고 한다. 땀띠 나게 더운 날 밤마다 얼마나 자주 몸을 섞었으면 그럴 수 있는지 그 비의秘意가 못내 궁금하다.

수나무의 능청스러운 꼬락서니가 얄밉기 짝이 없다. 암나무도 물색없기는 마찬가지다. 저렇게 수모를 당하고도 내년 봄 또 수나무의 꼬드기는 유혹에 빠져 일을 저지를 것이니 스스로 매를 번다. 봄내 여름내 산소를 배출하여 동네 사람들의 건강 지킴이로, 푸른 그늘로 청복을 누렸으면 감사해야 할 것을 철면피 사람들도 문제다.

기다림이란 말이 멀어져 버린 원인은 시대적 흐름이 한몫 한 것 같다. 무엇이든 빨리라는 단어가 머릿속에 소용돌이치는 현실이 사람들을 속도로 내몰고 있으니 말이다.

앞집 아저씨가 은행을 플라스틱대야에 담아왔다. 나는 순간 공범이 된 것 같아 당황해서 엉거주춤했다. 후줄근해 있는 나무를 보면서 선뜻 받질 못했다. 아저씨의 야차 같은 행동에 분개했던 마음과 대야에 담겨진 은행에게 미안한 생각이 엉켜서 뜰 안 구석에 그대로 두었다. 마지막 문에서 또 아픈 과정을 거쳐야 본색을 드러내는 운명이라니.

그것이 그들에게 주어진 한 생의 끝이라면 어쩌겠는가. 지구상에 존재하는 그 어떤 것도 호락호락한 삶은 없는 것 같다.

지난여름 동네 사람들이 구청 민원실을 찾아가 은행나무 가지치기를 부탁했다. 백 년쯤 된 노거수에 비하면 삼십 년 된 나무는 철딱서니 없는 애송이에 불과하건만, 으슥한 뒷골목에 숲이 우거져 불량학생들의 흡연 장소가 되기도 하고, 멱살잡이 하는 애들을 그냥 두고 볼 수 없다는 이유에서 청을 올렸다고 한다. 다행인지 구청의 예산 부족으로 나무는 화를 면했다.

나무가 잘려나가도, 은행이 너무 많이 달려서 장대로 휘둘림을 당해도 마음이 편치 않은 것은 매한가지다. 삼라만상의 인사권을 가진 계절도 어쩔 수 없음이다.

사막을 건너다

버스 한 정거장 거리는 산책하듯 걸어 다닌다. 걷기는 평범한 일상 속의 하나지만 걷다 보면 새로운 발상이 떠오르기도 하고, 차를 타고 갈 때 지나쳤던 사물과 이웃들을 접하게도 된다. 길가에서 참외가 수북한 노란 수레를 보면 마치 등불을 켜 놓은 것 같고 동화 속에 나오는 보물 상자 같기도 하다.

붉은 벽돌 건물 빵집의 아침 풍경 속에 한 폭의 수묵화처럼 조용한 은발의 노인들이 앉아 있다. 종종 빵집 큰 유리문 안에서 보이던 그림이다. 매미소리 찌렁찌렁한 정자나무 그늘에서 장기 두며 막걸리잔 기울이던 신선놀음이 아닌 닫힌 유리문 안에서 우유와 빵 한 조각으로 기우는 생애를 달래는 서글픈 오늘날의 풍속도다.

햇볕은 데일 것 같은 화력을 쏟아내면서 위협을 한다. 은행에 들러 송금을 하고 돌아오는데 등줄기를 타고 내리는 땀이 허리춤에서 한숨 돌리는 사이 윗옷은 다 젖었다. 몇만 개의 수문을 모두 개방하고 방류한다. 통제기능도 저들에게 있어서 속수무책이다.

찬물이 넘쳐나는 대야에 발을 담그고 곰곰이 생각해보니 내 꼴이 참 한심스럽다. 젊은이들은 인터넷 뱅킹으로 간단히 처리하는 일을 종이 영수증을 고집하는 낡은 습관 때문에 생고생을 한다. 엄지 세대들은 메모, 저장, 전송, 모든 정보를 공유한다. 이 '날것'의 빠른 반응. 그러나 신통방통한 도깨비방망이도 배터리가 방전되면 맥도 못 추는 장난감이다. 나는 기억의 도구인 아날로그 수첩을 좋아한다.

무자비한 여름의 점령군들이 온 도시를 장악하고 긴 폭염의 숨 막히는 기간. 모든 곳이 사막이다. 살 비린내 풍기는 녹음과 무조無調의 가락으로 질러대는 매미들의 반란. 저 창궐한 초록에서 다시 초록을 뽑아내야 하는 숲의 운명. 담쟁이넝쿨도 헉헉거린다.

햇볕이 그야말로 빈혈을 일으킬 정도로 뜨겁고 날카롭게 내려꽂히는 삼복의 길 위에 있다. 어느 농부가 하늘에다 시원하게 해달라고 빌었더니 그 해 곡식의 알갱이가 없었단다. 삼라만상의 흐름에는 자연이 베푸는 풍성함이 실려 있는 것을……. 확실한 질서의 필연성이나 도덕적인 가치를 따져 묻기엔 팔월의 기氣가 너무 승한 탓도 있다.

낮은 주택은 열려있는 공간이 많아 비집고 들어온 햇빛이 레이저를 쏘아댄다. 이 무뢰한을 피해 대청에 앉아 어머님 생각을 한다. 안동포 자락에 스치던 부채 바람. 조선

시대의 여인처럼 사셨던 시어머님. 기계 바람이라고 선풍기를 멀리 하셨던 분. 나는 지금 선풍기와 마주하고 있다.

며칠간 쉬기로 했다. 아무 곳에도 소속이 없는 백수라 누구에게 휴가를 받을 일도, 거절당할 일도 없는, 바람 불면 지 맘대로 댕그랑 거리는 풍경 처지에 무슨 잠꼬대 같은 소린가 하겠지만. 머릿속에 벅적이는 잡다한 것들을 보자기로 턱 덮어놓고 머릿속에 바람구멍을 터놓기로 했다. 생각이 가난하면 사유의 길이 좁아지고 궁색해지겠지만 여백을 즐기는 담백한 기운을 받는 것도 사막 같은 세상을 횡단하는 한 방편이지 싶다.

누구나 홀로 핀 산도라지 같은 시간은 필요하다. 바람이 불면 달도 흔들리는 못가에서, 생의 난간 같은 길 끝에서, 쓰건 달건 처절했던 삶의 흔적을 돌아보며 남은 여정에 대하여 타협을 외면할 수 없기에.

그 지독한 여름의 기세도 한풀 꺾일 것 같다. 처서가 지나고 나면 오만한 점령군들도 어느덧 사나운 깃발을 거두고 서서히 물러날 채비를 할 것이다. 불볕의 햇살이 닿는 곳마다 펼쳐지던 끝없을 것만 같았던 사막 같은 세상도 사라지겠지.

눈치 없는 여름 해는 사막의 낙타처럼 뚜벅뚜벅 느리기만 하다.

시간 안에 살기

  덩덩 울리던 괘종시계를 이웃에 있는 노인정으로 보내고 예쁘고 참하게 생긴 저소음 시계를 괘종시계 자리에 걸어 두었다. 째깍거리는 소리가 없으니 어째 벙어리가 아닌가 싶을 때도 있지만 마음은 편안하다.

  21세기는 속도의 시대라고 한다. 그만큼 시간의 중요성을 강조하는 시대에 살고 있음을 피부로 느낀다. 빠르게 변화하는 요즘의 문화를 그다지 환영하지는 않지만 어쩔 수 없이 시대를 장악하고 있는 빠른 문화에 편승하지 않을 수 없다. 획일적으로 짜인 시간의 틀 속에서 기계처럼 움직여야 주어진 순간순간의 일들을 무사히 처리하는 하루가 끝난다. 생각해보면 시계는 분초를 기록하는 균일한 리듬을 갖고 우리 몸을 움직이게 하는 수액을 공급하는 모체 같은 느낌이다.

  조금의 틈새도 보이지 않는 냉정한 시간의 흐름에 떠밀려 순간순간을 챙겨볼 틈도 없이 허둥지둥 살아가는 폐단을 모르고 지낸다. 사람이 시계를 발명한 이래 시간을 유용하게 활용하여 사회생활에 여러 가지로 보탬이 된 것은 사실이나 어찌 생각해보면 시간이 되면 먹어야 하고 또 잘 시간에 맞추어 자야하고 늘 시곗바늘에 조종당하면서 삶을 일우고 있는 것은 아닌지. 시간 밖으로 벗어나 자연의 흐름에 따라 먹고 자고 움직이면 한결 마음이 넉넉하고 태평스러워지지 않을까.

하루 일과에 쫓기다 보면 내가 시간에 쫓기는 것인지 아니면 시간을 재촉하는 것인지 줄다리기한다는 생각도 든다. 오늘이 지나고 내일이면 또 다른 무엇이 기다리고, 흘러가버린 시간 속에 수없이 변화하는 일상의 풍경들. 내일이면 시간의 뒤안길로 밀려나 영원이란 공간에 밀폐되어버린다.

나는 일주일 중에 하루는 시간에 눌려 살지 않기로 했다. 외부로부터 오는 통신망을 모두 차단하고 대문 벨도 내려놓는다. 시간의 굴레에서 벗어나 자연의 리듬에 맞추어 지극히도 원시적인 하루를 향유하고픈 나만의 시간 밖에 살기다. 문밖 세상의 속도가 마음의 속도를 훌쩍 앞질러 가는 것이 조금 안타까울 뿐이다.

시간은 칼이라던 말이 생각난다. 무거운 쇳덩이 기차도 움직이고 하늘을 나는 비행기도 시간에 쫓겨 날아다닌다. 염천 더위에 불평 없이 꽃을 피워내는 배롱나무에도, 코스모스 사이로 부는 바람 속에도 시간은 흐르고 있다. 가을 밤 풀벌레들이 연주하는 아름다운 세레나데를 듣고 있으면 그들도 주어진 짧은 시간을 알기라도 하듯 혼신을 다하여 연주를 한다.

문명의 이기利機들을 적당히 멀리하고 사용을 절제하면 그만큼 절약한 거스름을 돌려준다. 시간은 그렇지않다. 지천으로 널려있는 게 시간이지만 내게 주어진 시간은 한정되어 있다. 하루 24시간을 살면서 자투리 시간을 유용하게 쓸 줄 아는 지혜가 필요하다.

모든 것은 시간이 해결해준다는 말도 있다. 사는 일도 죽는 일도 그 속에 있기 때문일 것이다. 시간에 쫓기지 않고 초초해하지도 말고 여유를 가지는 의젓한 마음가짐을 의미하는 것이리라. 사람의 머리로 해결할 수 없는 문제를 시간은 가끔 해결해 주는 수가 있다. 그래서 참는 것이 덕이란 말도 있지 싶다.

고향 친구 중에 막차라는 별명을 달고 다니는 친구가 있다. 시간 개념을 선반 위에 올려놓고 다니는지 그 친구와는 시간 약속을 못한다. 어떤 경우에도 여유를 부린다. 아날로그 시대에 길들여진 우리 세대는 머뭇거리고 굼뜬 증세를 버리지 못하고 시간 안에서 벗어나질 않으려 노력한다.

어떤 괴로운 일도 그 또한 지나갈 것이다. 행복한 순간도 머물지 않는다는 사실을 우리는 너무 잘 알고 있다.

제4부

그립다 말을 할까

 밤하늘이 온통 별로 가득한 고향집 마당을 모처럼 찾았다. 은하수에 넋이 빠져 있다가 운 좋게도 별똥별을 보았다. 순식간에 일어난 행운이라 소원을 말할 그럴 새도 없었다. 다시 내 머리 위로 별똥별이 쏟아진다 해도 소원이 있어야 빌든지 말든지 할 것인데. 아니면 한 가지만 추리기엔 내가 욕심이 많았는지. 지천으로 피어 있는 들꽃들의 향기가 은하수를 아득하게 한다는 생각이 들었다.

 조각보 같은 들판에 겸손하게 고개 숙인 벼들의 풍성한 결실에 내 마음도 숙연해진다. 벼락과 장대비도, 불같은 태양의 담금질도 이겨낸 승자의 느긋함. '땅은 거짓말을 하지 않는다.' 하시던 아버지의 말씀이 귓가에 맴돈다. 농경의 삶을 근간으로 삼은 우리 옛 어른들은 얼마나 슬기로웠던지 태양열을 이용해 24절기 따라 맞춰 씨 뿌리고 기르고 거두는 일을 순서대로 해냈던 것이다.

 밖으로 치닫던 생각의 가지들을 불러들여 안으로 삭이는 사유의 계절. 허허로운 마음 길 따라 찾아온 옛집. 마당가

에는 접시꽃과 족두리꽃 분꽃들이 국화의 눈치를 보고 있
다. 이 꽃들의 이미지를 닮아가던 그 옛날 소녀는 모시박
같은 흰머리를 이고, 시간의 강 너머로 부침浮沈을 거듭하
는 기억의 강가에 서 있다.

그 해 여름 채송화가 피어있는 샘물가에서 설거지를 하
고 있을 때 반쯤 열린 대문 안으로 들어서는 청년이 있었
다. 땀으로 젖은 얼굴에 목마른 말투. 찬물 한 그릇을 단숨
에 비운다. 군 복무를 마치고 다음 복학까지 인생 여행을
하는 중이라고 했다. 어색해하는 청년을 툇마루에 잠깐 쉬
어가게 했다. 샘물에 채워둔 참외를 깎아 쟁반에 담아내면
서 열여덟 시골 소녀는 그 청년을 바로 쳐다보지 못했다.

생각해보면 그런 용기는 어디서 났는지. 더구나 낯선 외
간 남자에게. 내 집에 온 손님을 맨입으로 보내지 않던 엄
마의 푸근한 인심을 봤기에 그랬던 것 같다. 청년이 떠난
뒤 툇마루에 소월 시집 한 권이 놓여 있었다. 그 후 나는 여
름만 되면 반쯤 열린 대문을 돌아보곤 했다.

다음 해 여름. 무조의 매미소리에 포플러나무도 졸고 있
었다. 반쯤 열려있는 푸른 대문 안으로 예의 청년이 일 년
의 시공간을 넘어 처음처럼 찾아왔다. 툇마루에 걸터앉아
김래성 작가의 탐정소설에 대하여, 얼굴을 마주 보며 조금
씩 웃으며 이야기를 나누던 한여름 날의 풋풋한 시간을, 알
수 없는 무엇을 담은 채 흘러가고 있었다.

누구나 가슴속에 추억의 역사를 쌓고 살아갈 것이다. 그곳이 이별의 곳이든 그리움의 장소이든, 영혼의 간이역 하나쯤은 간직하고 있지 않을까. 있음과 없음이 한 호흡 지간에 있다고, 배우고 실천하는 동안 느림의 미학을 잃어버린 세월이 길었었다. 툇마루에 앉아 포플러나무 우듬지에 앉은 흰 구름을 본다. 울적한 마음이거든 옛집으로 떠나보라고 말하고 싶다. 어느 때 찾아가서 몸을 풀어놓아도 상처 하나 받지 않을 것 같은 푸근함. 다시 찾아드는 철새처럼 나는 알고 있다. 오래된 옛집에선 아무 말도 하지 말아야 한다는 것을. 그리고 과거의 나와 결별하고 싶을 때 서둘러 떠나지 않아도 된다는 것을, 나뭇결이 다 드러난 기둥에 기대어 나의 쓸쓸함을 읽어내면 그만인 것을 나는 알고 있다.

우리는 어디서 왔는가. 우리는 누구인가. 우리는 어디로 가는가. 폴 고갱의 이 물음에 조금이나마 답을 찾는 여유가 사치스러울 것 같다.

선택의 자유

마당이 넓은 주택에서 반세기를 바라보는 세월을 보냈다. 우리 가족의 역사와 전통을 묻어두고 늘 푸른 향나무, 수형이 아름다운 해당목, 동백, 모란. 뜰 안에 살고 있는 모든 생명들과 영원이란 희망을 가슴에 안고 살았다. 영원이란 감히 내 욕심일 뿐, 떠나야 할 때가 되면 어쩔 수 없이 선택의 기로에 서게 된다. 공동체 주거지 아파트로 옮기는 문제도 내 의사에 따라 결정되었지만 마음은 썩 내키지 않았다. 선택에 자신이 없었다.

시장에서 옷감을 고를 때나 예쁜 찻잔을 고를 때도 이것저것 만지다 쉽게 선택을 못한다. 함께 한 친구는 단번에 취향에 맞는 상품을 선택하는 직선형이다. 매사 쉽게 생각하고 가볍게 살면 될 것을 심사숙고하면 아무것도 못한다고 조마거리는 나를 향해 화살인지 진언인지 쏘아댄다. 작은 일에도 실수를 용서치 않는 소심한 성격에 문제가 있음을 나는 안다.

조마거림은 사람을 초라하게 한다. 능동적인 성향인 사

람도 환경의 변화에 수동적으로 변하면서 습관이란 틀에 갇히게 되니 말이다. 어떤 경우에도 고개 숙이는 과오를 용납지 못하는, 그 절대적 신조를 품고 살다 보면 답답한 면도 있고 표정도 너그럽지 못하다.

혼밥, 혼술이란 말로 혼자임을 괜찮다고 표현하지만 외로움이란 영혼이 따라다닌다. 리모컨을 갖고 실랑이를 할망정 의견 조율할 한 사람은 필요하다.

유년에는 연필 굴리기로 순간의 선택을 한 적이 있다. 한생을 가름하는 내 결혼문제도 당사자의 의사는 뒷전이고 사랑방 아버지의 선택이 곧 정혼이었다. 내 인생의 운명은 그렇게 낯선 남자의 말뚝에 발목이 잡히고, 저 광대무변한 삶의 현장에 휩쓸리면서 꿈이라든지, 어떤 희망 따위는 호사스러운 단어일 뿐. 안갯속 같은 삶의 바다에서 좋던 싫던 함께 출렁이다가 마지막 어떤 항구에 닻을 내리게 된다. 어느 산악인이 '산도 인생도 내려가는 것이 더 중요하다.'라고 했다. 지나온 세월은 접어두고 내려갈 땐 꽃도 보고, 나무도 더 많이 보고 주변과 교감하면서 유유한 강물이고 싶다.

소통의 부재에서 만난 글쓰기 공부는 잘한 선택이었다. 푸르던 시절에 봉인해둔 꿈을 햇빛을 보게 한 것은 생각할수록 흐뭇하다. 늦깎이로 글공부에 빠져든 내 마음 한쪽에 절실한 삶의 희열을 갈망하고 있음에 스스로 놀랜다. 나의 글쓰기가 형편없는 졸작, 아니 생활수기 같은 내용이라도, 이슬비처럼 내 마음을 적셔주는 아름다운 힘이 있다. 감성을 확장시키는 묘약이다.

글쓰기는 아득한 안개 속에서 헤맨다. 때론 뻔뻔스러운 핑계를 대곤 한다. 가방끈이 짧은 것에 분노하다가, 옛날 배운 것들이 시대를 넘지 못함에 자위를 하다가, 빈곤한 내 머릿속을 헤집다가, 그래도 그 언저리를 맴도는 것은 늘 목마른 아쉬움 때문이다.

나이가 들면 몸도 생각도 쇠락해지는 것은 자연적인 현상이다. 그에 따라 뇌의 융합능력이나, 지력 따위도 함께 떨어질 것은 불 보듯 휜하다. 더불어 삶의 속도가 느려진다. 망상이고 환상일지 모르지만, 눈이 용서한다면 끊임없이 도망치는 시간을 붙들고 싶다.

사월 중순이면 화려한 꽃 문을 여는 모란이 궁금하여 떠나온 집을 찾았다. 모란도 동백도 해당화도 새 주인의 무지막지한 톱날에 없어지고, 겨우 목숨을 부지한 향나무 몇 그루만 덩그러니 서 있다. 뿌리로 번식하는 화초들도 수난을 피하지 못했다.

그곳에 상추와 마늘이 자라고 있었다.

비 오는 날의 오후

사람이 그립고 쓸쓸할 때 찻물을 끓인다. 불기운 따라 찻주전자에 바람소리 일더니 곧 낮아진다. 물도 익으면 소리를 낮추고 겸손해진다. 지난가을 설탕에 재워둔 모과를 적당량 찻잔에 넣고 더운물로 우려내면 노오란 빛깔과 그 향기가 아득하여 잠시 일었던 감정의 파문이 가라앉아 이내 평온으로 돌아온다. 차를 마실 때의 조촐한 정취는 삶의 쉼표 찍기나 다름없다.

찻잔을 들고 창가에 서서 여린 빗줄기를 본다. 비는 문학적 상상력을 자극하는 빛나는 소재 중의 하나다. 어찌 문학뿐이겠는가. 음악적 상상력도 예외는 아닐 것이다. 문학적 감성이 풍부한 사람은 우산 속에 있어도 마음속까지 흠뻑 젖어 기어이 울어버릴지도 모른다. 일상의 복잡한 일로 어지럽게 흔들리는 심사를 달래는 약리적인 효능도 빗속에 숨어있을 것 같다.

마치 대형 걸게 그림을 걸어놓은 듯이 사각의 창을 통해 펼쳐진 풍경이 쓸모없다 기우는 내 의식에 신선한 자극을

준다. 오랫동안 쓸모 있음에만 훈련되어 왔기 때문에 쓸모 없음에 대하여 생각해본 적이 없다. 잠재의식 속에 쓸모없음이 입력되어 있지 않다. 살아간다는 것은 곧 나이가 든다는 것이지만 세월의 덫에 걸려 앞만 보고 달리다 보면 자신이 나이 들어간다는 사실을 까맣게 잊어버린다. 나이는 내 밖에 있었지 그게 내 속에 것이라고 생각하지 않았다. 나이가 태양을 따라 수십 번 돌았다고 생각하면 지나간 시간들을 모두 도둑맞은 것처럼 삶의 정취가 한없이 왜소하게 느껴진다.

몸이 오래전부터 내게 말을 걸어왔다. 나이가 들면 신체적 제약을 받는 건 당연하다. 실로 몸이 말을 걸기 시작했을 무렵부터 나는 바짝 몸과 나이라는 화두에 골몰했었다. 일단 몸과 나이가 관심의 줄기로 떠오르자 그전에는 깊은 생각 없이 받아들이던 일들이 새삼스레 의미를 지니고 떠올랐다. '누구나 늙는다.'라고 태연한 척 흘려버렸던 가벼움. 공짜라고 별생각 없이 지나쳤던 햇빛과 공기, 상큼한 바람, 새로운 마디를 만들기 위해 새순을 키우는 나무들의 숨소리, 절반은 살고 절반은 깨우치지 못한 답답한 삶의 미련스러움. 사람의 한 생이 맘먹은 대로 호락호락할 리야 없겠지만 쓸모없이 사는 자유도 있지 않을까 자위를 해본다. 도전과 패기의 삶을 벗어나 순응과 적응의 삶에 더 아름다움을 느낀다. 위선 안 부리고 내 맘대로 행동해도 이 세상

도덕과 크게 어긋나지 않는 나이가 되었다는 것이 저무는 인생에서 얻은 기쁨이라면 약간 뻔뻔스러운 생각일까.

땅에 뿌리내리고 서 있는 나무 그리고 사람 모두가 숨 가빴던 이 봄. 우주의 질서가 시간을 움직이니 천지는 생명의 기운으로 차오른다. 함초롬히 내리는 봄비를 맞으며 생명력을 뿜어 올리느라 와자한 계절이다. 손바닥만 한 텃밭에 고추 모종과 오이 몇 포기를 심고 거름을 묻고 물을 주고 정성을 쏟았다. 식물도 아이 돌보듯 해야 제대로 열매를 맺고 제 몫을 한다. 여름날 내 식탁을 풍성하게 하는 기쁨보다 아침마다 눈을 맞추고 말을 거는 즐거움이 더 크다. 지극히 사소한 것으로 자족하는 소시민적인 기질로 변해가는 그 어쩔 수 없음에 대하여 감자골 선배 얼굴이 떠오른다. 가장 흔한 것을 가장 특별한 것으로 만드는 것이 진정한 삶의 연금술이라 했으니…….

청보리 알갱이가 여물어지고 자운영 꽃물이 들판을 물들일 때면 모내기 준비에 분주하던 시골집 생각이 난다. 사탕 한 알 입안에 굴리면 그 달콤한 행복에 젖어 아무것도 욕심내지 않던 시절. 유년기 추억들이 유물처럼 온전하게 남아서 쓸쓸한 노년을 젊은 시절의 주파수로 연결해준다.

깃털이 고운 새들이 비를 피해 추녀 밑으로 날아와 꽁지깃을 까불대며 재롱을 부린다. 내 집 뜰 안에 봄이 온 줄 어찌 알고 하늘 길 열어 찾아오는지. 새들의 귀소가 참으로 대견하고 사랑스럽다.

봄비는 축복으로 내린다. 살아있는 것은 다 행복하라고.

푸른 밥상

밥상의 메뉴는 한결같이 푸른빛이다. 된장국과 열무김치, 아침 이슬 머금은 깻잎과 상추, 고등어 한 토막. 이만하면 성찬이지만 밥상머리는 허전하다.

아무렇게 벗어놓은 신발이 현관에 어지럽게 흩어져있고 집안이 왁자하면 부엌에서도 신바람이 났다. 많은 음식을 장만하고 일손이 많이 잡히고 번거로워도 그리 좋고 살맛이 났다. 지갑을 열어놓아야 했고 가마니의 쌀이 쑥쑥 줄어들었지만 그때는 집안이 풍성했었다.

나만의 농장에 들깨 몇 포기, 상추, 방아, 부추, 담 밑에 가지런히 줄 세우고 있는 대파. 일정 부분의 꽃을 쫓아내고 노욕을 부린 것이다.

상추 몇 포기 심어 놓으면 초여름까지 밥상이 싱그럽다. 상추 잎줄기에는 약간 쓴맛을 내는 흰 유액이 들어있어 식욕을 촉진시키고, 상기된 기운을 가라앉히는 약리적인 성분도 함유하고 있다. 잠 못 드는 밤을 달래주는 수면 작용도 있으니 나는 저녁 밥상에 상추나 머위 같은 쌉쌀한 채소를 듬뿍 올린다.

내가 시집올 때 여러 가지 주위할 점과 여인의 부덕에 대하여 엄마의 가르침이 있었다. 지금도 상추쌈을 먹을 때면 그때 엄마의 당부가 생각난다. 상추쌈은 볼이 미어지게 싸 먹으면 볼썽사나우니 자그마하게 먹고 어른들과 마주 보는 위치에서 쌈을 먹지 말라고 하셨다. 입을 크게 벌리고 눈을 크게 뜨는 모양은 아랫사람으로서 예의가 아니라고 하셨다.

여름 밥상을 풍성하게 해줄 오이와 고추, 가지가 줄기를 뻗어 영역을 넓혀간다. 오이가 줄을 잘 뻗을 수 있게 대나무를 세워 지지대를 만들어 주고 고춧대도 세워 흔들리지 않게 묶어두었다. 상추에 달팽이가 달라붙어 잎사귀에 구멍을 숭숭 뚫어 놓았다. 그래도 부지런히 새잎을 밀어 올린다. 식물을 키워보면 그들의 세계에도 치열한 세력다툼이 있다는 것을 알 수 있다. 유기농 채소를 고집하고 벌레들을 방치해 두면 오만방자한 벌레들의 등쌀에 채소들이 몸살을 앓는다. 푸른 채소 벌레는 해 질 녘에 활동을 한다. 나는 때를 놓치지 않으려고 돋보기를 쓰고 사냥에 나선다.

난초가 피었다. 봄과 여름의 경계 즈음에 잊지 않고 명도 높은 노란색 꽃을 피운다. 청초한 아름다움도 아쉬울 만큼의 시간만 허용하는 매정함이 있어 순간을 놓치지 않으려고 뜰에 서서 손전화기로 고향 벗을 불렀다. 꽃이 빚어낸

시정화의詩情畫意가 바로 벗과의 이심전심이기에 우리는 서로의 속 뜰 열어놓기를 주저하지 않는다.

쓸쓸한 식탁이 모처럼 숟가락 부딪치는 소리에 후끈할 것 같다. 쑥갓을 데쳐서 갖은 양념에 무치고 발효가 잘된 된장에 꽃게를 넣어 끓이다 땡초를 다져 넣고 장독대 옆에 너풀대는 방아잎을 따서 넣으면 맛이 괜찮다. 묵은지를 꺼내어 머리 쪽만 써억 베어내고 쭉쭉 찢어 밥 위에 얹어 먹으며 고향생각에 잠겨보는 맛은 또 어떤지. 상추와 깻잎은 깨끗이 씻어 채반에 올려놓는다. 된장과 고추장에 양파와 사과를 갈아 넣고 매실액과 다진 마늘을 가미하면 나만의 쌈장이 된다. 잘 키운 유기농 채소도 쌈장과 궁합이 맞아야 제 맛을 낸다. 음식 맛은 장맛이 좌우한다.

'엄마손 맛 칼국수'라는 입간판을 보면 손맛의 비밀에도 알 수 없는 그 무엇이 숨어있는 것 같다. 과학적으로 인정받지 못하지만 그 오묘함은 신의 경지에 비유하고 싶은 부분이 있다. 우리 고유의 장 문화는 세계 유수한 국가도 따라 할 수 없는 발효식품의 으뜸인 전통유산 아닌가.

푸른 밥상의 초대에 친구는 맛있다 하면서 현미밥 한 공기를 금방 비운다. 쌈을 먹으면서 입을 크게 벌려도, 김치를 찢어먹으면서도, 입가에 고춧가루가 묻어도 부끄러워하지 않는 뻔뻔스러운 할매들이다.

생각 없이 마주하는 밥상의 식재료들을 보면 한 가지도

가벼운 것들은 없다. 곡식 한 알에도 벼락과 장대비, 뜨거운 여름을 이겨낸 기다림이 있다. 농부의 땀과 노력을 생각하면 한 알의 곡식도 소홀히 할 수 없다. 하수구에 떨어진 곡식 한 알이 썩어 없어질 때까지 제석천왕이 울고 서 있다는 경전 한 대목이 생각난다.

오늘 저녁은 바다의 푸른 채소 미역국을 끓여야겠다.

문 없는 문을 열다

풍경소리 고즈넉한 천년 고찰 범어사 설법전. 침묵의 바다에 정물처럼 떠있는 보살들. 숨소리조차 안으로 삭이며 스님의 법문에 심취해 있다.

그날의 주제는 '문 없는 문을 열다.' 였다. 마음의 문을 열고 자비심 풍부한 마음밭을 가꾸라고 한다. 베풀고 포용하는 삶의 진정한 의미를 이웃과 더불어 함께하는, 열린 삶을 설說하고 있다. 다양한 감정의 옷을 입고 장난감처럼 갖고 노는 마음을. 더구나 그 문을 어떻게 열고 닫을 것인가. 온유溫裕한 마음을 염원해 본다.

우리는 말을 통해 겹겹이 닫힌 문을 열고 그 사람의 속뜰을 볼 수 있고, 그 사람의 내면의 세계를 알 수도 있다. 어떤 경우 감정에 치우치면 이성을 잃고 말을 함부로 쏟아 주변을 어지럽히고 얼굴을 찡그리게 하는 예도 더러 있다. 당신이 무얼 생각하는지 알기 위해 신이 보낸 신호가 감정이라고 했으니 감정을 다스리는 열쇠 또한 자기 몫이 아닌가. 문은 관계와 소통의 의미를 담고 있다. 경우에 따라 엄청난 차이를 실감하기도 한다.

 살면서 수행하는 일과는 곧 문이다. 사업 문제, 자녀들의 결혼, 아들의 국방 의무, 바늘구멍을 통과해야 하는 취업 문, 내 젊음이 점철되어 있는 시집살이. 어느 것도 쉽게 열리지는 않았지만, 삶이란 그렇게 좋은 것만도 그렇게 나쁜 것만도 아닌 시소 같은 것이 아니던가.

 단독주택은 문이 많다. 현관문만 들어서면 온 집안을 두루 관리할 수 있다면 좋으련만 그렇지 못하니 화를 부른다. 그날은 손자 생일이었다. 며느리가 조반을 같이하자고 전화해 왔다. 손자가 좋아하는 생선 몇 마리 구워서 함지에 담고 서둘러 채비를 했다. 품 안의 자식이지 분가해서 생활하면 꼭 손님이 되어 초대받아 가는 기분이다. 옷매무새도 머리 모양도 단정히 하느라 허둥대었다. 생선 비린내 때문에 뒤 덧문을 열어 놓고 깜빡했으니 낮 손님이 얼씨구나 하고 노크할 필요도 없이 유유히 방문한 것이다. 그 무렵 좀도둑이 설쳐서 이웃 몇 집이 화를 당했다고 했다. 이제나저제나 호시탐탐 노리다가 절호의 기회가 왔으니 땡잡았다고 했을 것이다. 그 사람이 운이 좋은 건지 내가 재수 없는 날인지 어쨌든 한 사람은 웃는 날이었다.

 어떤 물건이라도 주인을 잘 만나야 제구실을 하는 것은 자명한 일이다. 여러 가지 장신구들도 감각이 뛰어난 사람을 만나야 제빛을 발하고 가치를 누린다. 나는 본시 모양도 그저 그렇고 또 치장하는 일에는 눈썰미가 없다. 몇 안 되는 장신구며 결혼 때 받은 반지며 먼 나라 여행 기념으로 구입한 보석 몇 점을 문갑 속에 넣어놓고 바깥나들이를 시켜주지 않았으니 오죽이나 갑갑했을까. 저들끼리 궁리 끝에 해방시켜줄 구세주를 불러들인 것일까. 집안은 온통 난장판이 되어 있었다. 찰나의 순간에 실수와 허점을 드러낸다. 갑자기 두려움이 확 덮쳐서 집안에 들어갈 수가 없었다. 뜰 안에서 서성거렸다. 진즉 기억 회로에 위험신호가 깜박거렸는데 어쩌면 오늘 일은 당연한 일이었는지 모른다. 며느리와 오붓하게 차 맛을 즐기며 눅진하게 앉아서 시간을 허비하지 않았더라면 상황이 달라질 수도 있었을까. 아이의 학원비가 없어서, 혹시 아내의 수술비가 없어서, 그렇게 절박한 상황에 처한 사람이 방문했다면 나 또한 곁들여서 좋은 일을 한 셈이다.

다음날 수리공을 불렀다. 뒤 덧문을 뜯어내고 이중 잠금장치로 철통같은 쇠문을 달았다. 아래층, 위층의 창문마다 쇠창살을 덧붙이고 스스로 갇히는 신세가 됐다. 소 잃고 외양간 고치는 일을 내 앞에 마주할 줄이야.

다시 봄의 문턱에 섰다. 겨우내 불평 없이 침묵했던 들녘. 봄의 맥박이 뛴다. 궁금해진 바람은 어디에고 들쑤시고 건드리고 천방지축이다. 흙은 그 보드라운 몸을 드러낸다. 봄볕을 타는 생명들. 도심에서는 봄의 몸체를 다 느끼지 못한다. 내 고향은 보리밭의 봄바람 그 내음만으로도 입 안에 향기가 돌고 귓가에 연둣빛 노래가 간지럼을 타는 곳이다. 생명이 있는 것은 모두 기지개를 켜는 이 봄날, 문을 활짝 열고 세월의 무게를 날려 보내야겠다. 그리고 내 영혼의 캔버스 위에 제일 먼저 연둣빛 색칠을 해야겠다.

성적표

정신이 스파크를 일으킬 반가운 소식을 기대하고 일찍 집을 나섰다. 가만히 있어도 숨이 턱턱 차오르는 염천이다. 창으로 비치는 투명한 하늘조차 원망스럽다. 일상을 칭칭 감은 이 질긴 더위를 날려 보낼 방법은 없을까. 기운을 소진시킨다는 게 엄살로 들리지 않을 정도로 폭염의 기세가 사납다.

심한 우울증에 붙들려 병원 밖을 나서지 못하는 봉선이와 가슴 툭 트이는 바다로 나가보리라 마음을 먹고 원장실을 향했다. 봉선이를 만나기 전에 외출 허가를 받고 싶었다. 치매 증세가 있어 외출은 불가하다는 의사의 소견이다. 기대하고 왔던 희망은 치매라는 그 무서운 비수에 찔려 기진해버렸다. 망연자실 아무 말도 못 했다.

바이러스가 침입하여 머릿속 파일을 삭제해 버렸나. 치매 증세라니. 사고의 벽을 허물고 신성한 영역을 황폐화시키는 무서운 병. 무슨 억하심정으로 이렇듯 무서운 형벌을 내리는가. 그녀가 두 손 모으던 성모마리아님은 어찌하여 외면하시는지.

링거병도 달지 않고 깨끗한 환자복에 머리도 단정하게 빗고 멍한 표정으로 창문 밖 하늘을 응시하고 있는 그녀. 어찌 보면 사무사思無邪의 경지에 머물러 있는 것처럼 조용하다. 우울증에 붙들려 휘청거리는 그녀를 볼 때마다 나는 속이 부글거렸다. 이 불합리한 것에 대하여 세상을 관장하고 있는 신들께 분노와 항의를 마구 해대고 싶어서다.

가족이 있어도 혼자 떠 있는 외로운 섬 요양원에서 자신을 구성하고 있는 기억들로부터 멀어져 가는 그녀. 잠시 희망이 보이는가 싶다가 다시 되돌아가는 절망 속에서 내가 해줄 수 있는 것은 얼굴을 자주 보는 것. 그래서 과거로 불러들일 수 있다면. 의술을 뛰어넘을 수 있는 기적을 원했다. 단 한번 작전타임을 요청할 수 있는 기회가 주어진다면. 이 시점에서 반칙 플레이를 멋지게 날려 그녀의 인생을 얼마만큼이라도 만회할 수 있다면. 안갯속을 헤매는 모습을 지켜보는 내 심정이 이토록 애연하지는 않을 것이다.

인적이 뜸한 병원 뒤 나무벤치에 앉았다. 그냥 집으로 올 수 없었다. 우리가 한 생을 다해 살아온 모든 것들이 이따위 성적표를 받을 만큼 가볍고 허무한 것이었는지. 첨단 의술을 자랑하는 이 대명천지에 왜 못 고치는지. 절규하는 내 울음소리도 찔러대는 말매미 소리에 묻혀 아무렇지 않게 퍼져나갔다.

도라지꽃이 피고 옥수수수염에 댕기 매던 유년을 넘어 신록처럼 해맑은 소녀시절을 그리움의 밀실로 간직한 친구. 우리는 두 개의 개체로 나뉘어 있어도 영혼은 하나로 교감하는 막역지우다. 그녀는 종소리 울려 퍼지는 시골학교에서 교편생활을 했다. 같은 직의 남자를 만나 소위 철가방이라고 부러워하는 튼튼한 생활이었다. 사업에 목숨 거는 도시남자를 만난 나는 시간에 쫓기고 돈에 휘둘리는 힘든 생활이었다.

초기 우울증으로 병원을 드나들 때 나는 늘 빈정거렸다. 걱정이 없어서, 호강에 겨워서, 그게 병이냐 호랑이 시어머니에 불같은 남자를 만나 눈코 뜰 새 없는 나를 보라. 그 따위 사이비가 들어올 틈이 없다고. 아무렇지 않게 흘려버린 내 경박스러움에 후회가 쌓인다. 언젠가 가을 동창모임에서 삶의 끝자락을 단풍처럼 아름답게 물들이고 싶어 하던 봉선이. 그 작은 꿈마저 허락하지 않는다. 차라리 왈왈거리는 성품이었다면 저 무서운 올가미에 걸려들지 않았을지 모른다. 삶이란 무엇인지, 왜 사는지 근원에 대하여 의문도 품지 않은 채 냇물처럼 살아온 그녀에게 남은 여생이 너무나 가혹하다. 누구도 알 수 없는 순례의 끝에 무엇이 기다리고 있는지 우리는 모르고 산다.

흔히들 젊음과 늙음은 육체적 연령보다 정신적 패기에 좌우된다고 한다. 머리로 그려낸 계획을 현실에 적용하면 현실은 내 머리가 예상할 수 있는 상황보다 훨씬 촘촘한 그 물망 같은 여러 원인과 조건들로 가득 차 있기 때문에 정신적 패기도 좌절에 부딪치곤 한다. 단 한 장뿐인 인생이란 티켓을 , 그 소중한 순간순간들을 어찌 함부로 낭비했겠는가.

나를 들여다본다. 자신을 돌아볼 틈도 없이 일에 묻혀 있을 때, 자꾸 몸이 말을 걸어왔다. 마음은 나이 먹는 것을 잊을지 몰라도 몸은 쉬지 않고 나이를 먹어갔는데 왜 그걸 모른 체하느냐고 경고를 보내왔다. 예순이 될 때까지 건강에 별 굴곡이 없었기에 자신감에 차 있던 내 몸에 문제가 생겼다. 심장이 반란을 일으킨 것이다. 내 몸을 움직이는 엔진의 고장이라고 생각하니 정신이 번쩍 들었다. 병원에 이름을 올리고 유산소 운동을 했다. 늘 심장의 눈치를 살피며 활동에도 제약을 받는다. 새로운 일을 시작할 때 주춤거리고 망설이는 것이 나이 탓만은 아니었다. 자연히 사업에 차질이 생겼다. 세상 밖으로의 활동에 금이 그어지고 있었다.

살다 보면 에누리라는 재미도 끼어있다. 젊은 날 몸을 과하게 부려먹었기로 어찌 그 대가를 모두 보상받으려는 것인지, 더러는 빼먹기도 하고 대충대충하는 미덕도 있으련만. '적당히'라는 완충지대가 없다. 일생을 함께 한 동지가 세월이 지나면서 묵시적 계약을 일방적으로 파기해버리고 위협을 한다. 그래도 '아직은' 하는 오기가 날을 세운다.

내 성적표에 물음표가 붙는다.

쑥차

가끔씩 색다른 일을 해보고 싶을 때가 있다.

쑥차를 만드는 일은 생소하지만 오랜만에 고향 친구들과 어울려 산촌에서 직접 쑥잎을 따고 차를 만드는 재미도 쏠쏠할 것 같다. 나이 들면서 한두 가지 병은 액세서리처럼 달고 살지만 유독 속胃이 편치 않아 고생하는 친구를 보면 안쓰럽다. 쑥차의 따뜻한 기운으로 뱃속의 반란을 다독여 볼 요량인 것 같다.

누군가 등 뒤에서 부르면 한꺼번에 뒤돌아볼 자구야 시대의 마지막 주자들이 치열한 삶의 현장에서 밀려나 패잔병처럼 모였다. 풋내 나던 시절, 어느 것 하나 만만찮던 상황에서 조그만 틈새도 메우려 애쓰던 친구들. 신산辛酸한 삶의 질곡 속에 소진해 버린 에너지를 애타해야 할 시점도 지났고 아쉬워할 미련도 없다. 칸나꽃 붉은빛으로 타오르던, 그 화려한 이름도 떼어가 버린 매정한 세월. 멀건히 바라만 본다. 창밖의 여자다.

진주를 지나 먼 길을 돌아가는 동안, 운전대를 잡은 친구의 신경을 건드리지 않으려고 조용조용 이야기하고 조금씩 킥킥거렸다. 머리에 희끗희끗 서리가 내려도 경망스럽게 유년의 성질머리를 불쑥불쑥 내미는 친구도 있으니.

산 그르매가 마을을 반쯤 덮어올 무렵 산청군 산청읍 내리 마을에 도착을 했다. 산은 또 산을 업고 무섭게 텃세를 부릴 것 같은 기세다. 쉽게 타인의 발걸음을 허용할 것 같지 않다. 누구 집 제사는 언제며 숟가락이 몇 개인지 다 알고 살 것 같은 좁은 동네. 낯선 차가 들어갔으니 이 마을 이장이 우리를 심문하듯 말을 건넨다.

"좌우지간 그 집을 가려면 좌우지간 골목을 돌아서 좌우지간 곧장 가시오."

좌우지간 어른은 어느 한쪽으로 기우는 일은 없을 것 같다. 좌와 우 사이에서 중용으로 일관하시니……

이름도 얌전한 봉초막. 억새풀로 지붕을 덮은 붉은 황토초막이다. 안채 주인 내외와 인사를 트고 고향 맛 나는 된장국으로 늦은 저녁을 먹었다. 별이 총총한 평상에 앉아 오랜만에 은하수 강가를 산책하는 호사도 누렸다.

아궁이 장작불이 타닥타닥 열을 올린다. 토굴 같은 방안이 열기로 후끈거리고 우리는 인내의 한계를 넘나들며 한정 없이 땀을 쏟아냈다. 황토방에서 하룻밤 구워내는 수행 修行도 누구나 할 수 있는 것은 아닌 것 같다.

다음날 해뜨기 전에 이슬 머금은 쑥잎을 따기로 했다. 일

142

손이 모자라 부지깽이도 거든다는 농번기에 한가하게 쑥잎이나 따는 모양새가 좀 그래서다. 햇빛과 바람과 새소리를 먹고 자란 쑥 대궁이 밭두렁에도 언덕에도 지천이다. 그들도 어디론가 떠나고 싶을 것이다. 떡방앗간이나 쑥뜸방보다 쑥차로 거듭나는 것은 제일 값진 변신이리라.

쑥잎을 냇물에 씻어 그늘에서 물기를 말리는 동안 쑥차 만드는 과정을 안주인으로부터 전수 받았다. 마당 뒤쪽에 큰 가마솥이 아궁이를 턱 벌리고 있다. 가을이면 메주를 쑤고 봄날 간장도 달이고 모내기철 일꾼들의 새참으로 밀수제비도 끓일 것이다.

쑥차를 만드는 과정도 녹록치 않은 수행이다. 아궁이에 불 때는 일은 내가 책임지고, 얌전한 친구는 대나무를 쪼개 만든 막대로 쑥잎을 덖는 일을, 퍼질러 앉길 좋아하는 친구는 비비고 문지르는 일을 분담했다. 운전대를 잡았던 친구는 나무 그늘에 앉아 이장 어른과 좌우지간을 연발하고 있다.

후끈하게 달아오른 가마솥에 쑥잎을 초벌 덖어내어 광목 자루에 넣어 비비고 문질러 바람에 수분기를 말린다. 두 번 덖어내고 비비고 문지르길 세 번 반복하고 네 번째는 아궁이 불을 약하게 줄이고 슬금슬금 덖어내면 고슬고슬하게 마른 쑥잎에서 구수한 냄새가 난다. 잘 믿기지 않겠지만 짙

푸른 쑥잎이 얌전한 차로 변신하면서 그 향이 특이하다.

어느 정도 완성이 되면 잘되었는지 맛을 보는 과정이 남아 있다. 찻물을 끓여 붓고 이삼 분 후에 천천히 목 안으로 넘기면 쑥 특유의 쌉쌀한 맛과 다른 잎차와 달리 진한 향기 덩어리가 기분 좋게 넘어간다. 숨을 쉬면 뱃속의 천하를 평정하고 쑥향이 볼록볼록 올라오는데 그 느낌이 건강에 주파수를 맞추는 것 같다.

옛 선비들의 결연한 수신修身과 수행修行에 반드시 차茶가 수반되었다고 한다. 몸을 따뜻하게 하고 머리를 맑고 시원하게 하며 기분을 유쾌하게 하는 기운이 녹차의 성분이라면 쑥차는 오장육부를 편안하게 하는 약성을 지니고 있다고 한다. 사람마다 몸의 상태가 다르고 차를 즐기는 취향또한 다르기 마련이다. 강력하게 어느 것이 좋다고 주장할 성질의 것은 아니다.

고슬고슬하게 잘 만들어진 쑥차를 가방에 볼록하도록 넣었다. 고통을 치유하는 명약이 되길 마음속으로 기원하면서.

시월에 만난 사람

거울 앞에 앉아 윤기 없고 푸석한 얼굴을 본다. 새삼스러울 것도 없지만 오늘은 더 서글퍼 보인다. 세월은 무엇을 연모하기에 불문곡직 앞으로만 내달리는지. 나이 들어가면서 왜소해지고 무색해지는 것은 단 일 초도 멈추지 않는 저 시간의 흐름 때문이다. 그 어기찬 떠밀림에 잠시도 뒤돌아볼 겨를이 없었으니……

점심을 함께 할 것을 일방적으로 전화통에 통고한 사람은 내 둘째 오빠의 친구 ㅇ섭이란 사람이다. '할 말이 있다'고 그것이 만나자는 요지였다. 영겁에 비하면 칠십 생도 소슬바람에 불과하지만 오십 년의 세월도 그렇게 만만한 능선은 아니다. 우리의 손길 밖에서 제 마음 뒤로 흘러가는 세상사에 묻혀 그 사람에 대한 어떤 기억도 연민도 생각 밖에 떠돌았다. 간혹 허기처럼 그 시절의 여운이 그리웠을 때도 있었지만 신산한 삶에 묻혀 이내 녹아버리곤 했다.

그 사람은 휘파람을 잘 불었다. 연잎이 수액을 한창 끌어올리는 여름 우산 같은 연잎 사이로 휘파람 소리 들리는 밤은 한적한 시골마을의 정취가 애절함으로 승화되는 것 같았다. '바위고개 언덕을 혼자 넘자니' 나도 모르게 휘파람 소리에 맞추어 노래를 부를 때도 있었다.

안채와 떨어진 사랑채에 오빠 공부방이 있었다. 밤마다 동네 청년들이 모여 진로문제며 군 입대 문제며 세상사 고민은 저들이 다 떠안고 갈 것처럼 심각한 시간을 보내고 통금 사이렌이 울릴 즈음에 헤어졌다. 그 사람도 그때 사랑방 동인이다.

요즘은 오빠란 칭호를 스스럼없이 부르지만 그때는 오빠 친구라도 서로 외면을 했다. 삼강오륜이 날을 세우던 시대에 남녀유별은 당연했으니, 엄한 유교사상의 울타리 안에서 정혼한 사람이 아니면 손도 잡아선 안 되는 순수함이 요구되는 시절이었다.

휴일을 벗어난 공원은 한적하다. 소슬바람에도 힘없이 떨어진 나뭇잎들이 우리를 기웃거린다. 스무 살 풋풋한 시절 얼굴만 스치고 지났던 사람을 오십 년의 세월을 넘어 만났다. 서로가 어색하기는 마찬가지였다. 세월의 시달림에도 서정적이고 고요한 마음을 전하지 못하고 군 입대를 했고 제대를 하고 돌아왔을 때 이미 결혼했음을 알고 한동안 차멀미 같은 어질병에 시달리기도 했었다고 눈을 감고 회상에 젖어있다. 가슬가슬한 이마 위로 흰 머리카락이 세월의 그네를 탄다.

나는 한동안 하늘만 쳐다보았다. 어제 종일 머릿속을 맴돌던 '왜'란 글자가 피식 웃는다. 빛바랜 황당한 이야기를 무엇 때문에 지금 하는가. 들리는 소문에 기업 운영도 잘하고 있으니 정신적인 의심을 할 수도 없다. 고향이 같은 우리는 오래된 사진첩 같은 옛것들의 그리움은 있다. 그 안에 내 그림자도 아련했겠지. 다른 의미가 없고 만남 그 자체에 생각을 두었을 것 같다. 감정의 소멸은 세월도 비켜가는가, 죽기 전에 꼭 말하고 싶었다니 어이가 없다.

돌고 도는 생의 끝자락에서 마지막으로 거꾸로 서서 지나간 세월을 한 번 뒤집어 보고 싶었을까. 류시화 시인의 시 한 구절이 생각난다. '지금 아는 걸 그때 알았더라면' 만남이란 때가 되고 연緣이 닿아야 이루어진다는 것을 그 사람도 살아오면서 적잖이 경험했을 것이다. 인간의 힘으로 어찌할 수 없는 인연. 그 불가항력 앞에 각자 주어진 길이 있고 순응할 수밖에 없는 운명의 징검다리가 있는 것을. 혹여 그때 알았더라면 두 남자의 명命 길이를 줄자로 재어보고 선택할 수 있는 행운을 얻었을지도 모른다. 엉뚱한 생각을 해본다.

나이 들수록 원시적일지라도 건강과 배부름 그것만으로도 자족할 수 있는 조촐한 영일寧日에 만족해야 할 것 같다. 무념이란 단어를 써도 좋을 만큼 허허로워야 한다. 찻잎 우려낸 맑은 차 한 잔의 간소한 평화로움 더 무엇도 사치다.

처음이자 마지막의 인사 손을 잡았다. 다음이란 생각에
는 여지가 없다. 세월은 그렇게 한가하지 않다.

약사암 가는 길

원각회 회원들의 월례행사. 6월 고찰 순례지는 약사암이다. 모처럼의 행사에 하늘이 훼방을 놓는가 비가 온다. 차창에 부딪혀 눈물처럼 흘러내리는 빗물. 빗방울은 저마다 몫몫의 생을 살다가 제 운명 그대로 추락한다.

약사암. 지리산 자락에 안긴 고을 남원시 산내면에 있는 천년고찰 실상사에 딸린 산중 암자다. 고즈넉한 암자지만 올라가는 오솔길이 참 좋다. 구절초나 물매화를 만나면서 천천히 느린 걸음으로 오르는 게 더 즐겁다. 지리산에 안개와 구름이 가득하다. 비는 그쳤지만 안개가 내려 길이 희붐하다. 인적이 끊겨 오솔길이 적적한데 안개만이 스멀스멀 똬리처럼 풀다가 감기길 거듭하며 홀로 분주하다. 늙거나 젊은 소나무들이 초여름의 성성한 잎사귀를 달고 청정하지만 안개의 기습을 받아 길모퉁이 휘어질 때마다 저만치 꿈속에서 보는 풍광처럼 아련하다.

산다는 일은 갑갑한 안개 속이다. 앞날이 유리 속처럼 훤히 보인다면 얼마나 싱겁고 재미없겠는가. 안개에 가려진 뒷면에 숨어있는 고통과 희망 그 모두를 뛰어넘는 낭만. 기다려지는 무엇이 있어야 삶에 탄력이 붙는다. 살맛이 난다.

오솔길은 하염없이 펼쳐지고 안개에 젖어 반죽처럼 축축해진 몸. 몸의 임자라 일컬어지는 마음에 내리는 비. 이유가 분명한 괴로움이 천근만근 무겁다. 안개는 바람에 펄럭이며 길 끝으로 흩어진다. 걸음이 노루처럼 잽싼 스님들은 이십 분 안짝에 약사암에 닿는다고 들었다. 그러나 순례길에 동참한 도반들의 긴 행렬은 2km 남짓한 안개 속 산길이 멀기만 하다. 나는 안개처럼 흩날리는 마음을 챙기느라 은연중에 부산하니 자연히 달팽이 행보다.

사립이 보인다. 안개가 먼저 손님을 맞이한다. 약사암이다. 이곳에도 난리를 겪은 흔적이 보인다. 전각이며 석물 등 있을 만한 것들보다 없는 게 더 많은 약사암의 풍광이 차분하고 한가하다. 세상의 고요가 이 절에서 출발했는지 너른 뜰에 별 치레가 없어 고요한 하늘만이 내려와 앉는다.

정조 6년에 만들어진 목조 탱화는 보물 제421호라고 석판에 적혀있다. 초파일조차 일부러 찾아와 연등을 거는 불자가 없는 한적한 암자에 홀로 머물고 있는 혜강 스님. 멀리 물의 도시에서 찾아온 보살들께 일갈을 한다. '가죽에 둘러싸인 우리네 몸이란 때로 비료 자루보다 무가치하다.' 라고 '삶을 통해 삶의 결을 다듬어 가는 길이 영적인 부분을 관장하는 중요한 수행'이라고, 우리가 먹고 자고 일하는 모두가 수행이니 곧 일상에서 이루어진다는 뜻이다. 목탁을 내려놓는다.

산 아래 중생들의 아픔을, 야단법석인 고달픈 삶의 현실을 스님은 얼마만큼 알고 있을까. 눈을 지그시 감고 선정에 든 모습이 다른 세상사람 같다.

가죽 주머니 산뜻하게 털고 한 점 바람으로 가볍게 살아갈 수 있는 경지에 오른다는 건 요원한 일이다. 약수를 들이키며 내려다본 샘물에 빗방울이 떨어져 물무늬 아롱진다. 흐릿하게 비치는 내 몸이 물속에서 환幻으로 출렁인다.

숲의 나무들이 안개 속에서 비밀집회라도 하는지 잎사귀 하나 까딱 않는 오솔길을 내려온다. 하산하는 길목에 득달같이 달려온 운무가 다시 앞을 막는다. 헤매는 넋처럼 머리 풀고 이내 해산한다.

내 마음속 모호한 안개를 타파해야 하는 화두를 안고 일행의 후미에서 머뭇거린다.

호붕우好朋友

하늘과 땅이 태동한다는 입춘. 입춘대길을 써서 문설주에 붙여 놓았지만 눈치 없는 동장군은 최후통첩에도 꿈적않는다. 어느 계절에도 정체를 드러낼 수 없는 서러운 2월. 옷깃 사이로 파고드는 바람은 쉽게 봄을 허락하진 않을 것 같다.

2월에 만나는 단발머리 친구 모임은 언제나 화젯거리가 풍성하다. 나이에 걸맞지 않게 화려한 옷차림과 장신구로 치장을 한 친구, 잔잔한 미소 은빛머리가 잘 어울리는 친구, 초등학교 때 별난 친구 몇몇은 나이 들어도 여전히 자유로운 영혼이다. 벌써 방안은 왁자하다. 저렇게 많은 이야기들을 속에 넣어두고 얼마나 욱신거렸을까. 데프론이 벗겨진 프라이팬을 내다 버린 며느리와 구멍이 나지 않으면 버리지 않는 세대의 시어머니와 불협화음의 하소연, 화훼농장을 하는 친구가 강아지 새끼를 나누어주겠다고 떠벌리고 있다. 위로만 치닫는 기운 탓인지 봇물 터진 듯 과거와 현재가 넘쳐난다. 양보와 예의를 벗어난 중구난방 떠들어도 우리는 뿌리부터 너무 잘 알고 있는 고향 벗이 아닌가. 저들의 마음속엔 아직도 철들지 않은 소녀가 살고 있는지 모른다.

자운영 꽃물에 꿈을 키우던 소녀가 있고, 돌아앉아 젖 물리던 수줍은 엄마도 있다. 군 입대하는 아들을 애타하면서 치맛자락 거머쥐고 눈물 찔끔거리던 오십대 아줌마도 있다. 어떤 어려움도 앙다물고 견뎌낸 오기도 언제였던지 까맣게 잊고 빈 하늘만 벗 삼은 잉여의 순간에 머물러 있는 사람들, 사랑이 가난한 사람들, 손자의 아픈 배를 쓸어줄 기회도 얻지 못한 사람들, 서로 얼굴도 익히지 못하고 떠밀려서 낯선 남자의 말뚝으로 살다가 어느 날 헐렁한 치마저고리로 돌아온 서글픈 귀환, 순정 시대 여인들이다. 늙는다는 것이 보이지 않는 저 너머에 대한 상상과 꿈을 포기하고 지금의 자리에 멈추어 있어야 한다면 너무 잔인한 시대를 건너고 있는 건 아닌지.

세월이 들춰내는 행간 사이로 아득한 그리움 속에 옛날 달력 같은 유년의 그림이 새롭게 떠오른다. 육이오 때 혈혈단신 삼팔선을 넘어왔다는 말순이 아버지는 막걸리 몇 잔에 목에 울대를 세워 황포돛대를 불러 재끼던 황포돛대 아저씨다. 막걸리 집 욕쟁이 할매와 술독에 빠져 사는 초뺑이 아저씨, '소다가리' 별명이 붙은 맹순이 아버지, 조그만 일도 부풀려서 떠들고 다니며 어리숙한 사람을 꼬셔서

돈을 가로채기도 했다. 그런 아버지를 맹순이는 부끄러워
했고 그 오빠는 피내림을 피하지 못하고 파출소를 들락거
렸다.

풍자와 육자배기가 질펀한 정서를 공유하고 즐기는 사람
들이 모이는 정자나무 그늘, 온갖 소문과 웃지 못 할 사건
들이 가지를 치고 무성한 숲이 동네를 들썩거려도 변하지
않는 것은 그 모두를 아우르는 정이 있었다.

예금통장을 헐어 돈을 나눈다고 한다. 눈을 반짝이며 좋
아하는 모습들이 애들과 다를 바 없다. 제 돈을 적립시켰
다가 되돌려 받는 지극히 당연한 것을 공돈이 생긴 것처럼
헤애한 얼굴이다. 돈이란 물건이 얼마나 요사스러운지 사
람의 감정을 현란케 한다. 다리가 불편해서 여행을 할 수
없는 친구도 있고 말썽쟁이 영감 때문에 자유롭지 못한 친
구도 있다. 젊은 날은 이런저런 사정에 얽매여 자유를 저
당 잡히고 나이 듦에 몸의 눈치를 봐야 하는 여정의 말미에
서 머뭇거리고 있으니 안타까울 뿐이다.

나이 뒤에 숨어서 조금은 뻔뻔스러워도 괜찮다. 굼뜨고
미련스러워도 부끄러워할 필요는 없다. 앞에 나서지 말고
가만히 뒤에 있으면 된다. 외로움이 끼어들지 않게 적당한
일을 해야 한다. 좋은 친구들, 누군가가 우리를 떠올렸을
때 얼핏 입가에 엷은 미소가 머무는 그런 존재가 되었으면.
삶의 근간을 일구던 절실한 무엇이 있어 영혼이 중심을 잃

지 않고 무위한 아름다움으로 뒤태가 부끄럽지 않았으면 좋겠다. 삶의 정서가 한없이 왜소하다고 느낄 때도 있지만, 나이 들었어도 가슴 한 켠에 천진함을 품고 있는 벗들이 있어 참 좋다.

참신한 사유로 빚은 수필미학의 영토
– 수필집 『그냥 표류하다』에서

유 병 근
(수필가/시인)

인류가 처음 불을 찾아내고 생활도구를 만들었을 때 엄청난 문화충격을 받았을 것이다. 그것은 아날로그 문화에서 디지털 문화로 이동했을 때 느낀 충격 이상이었을지도 모른다.

수필 읽기에서 가령 그런 충격을 받는다면 수필의 새 패러다임을 읽는 것이나 다름없는 일이라고 하겠다. 그런데 아쉽게도 현존하는 수필 구도는 기왕의 낡은 수필적 장비를 개선할 엄두를 내지 않는다. 이미 설정된 울타리에 갇힌 수필론에서 한 발자국도 앞으로 나아갈 엄두를 내지 않는 것이 수필문학의 관행으로 굳어 있다. 그것이 이른바 지성과 감성으로 무장된 수필가의 온전한 태도일 것이라며 고전적인 이론에 안주하려 한다. 이미 익힌 고전에서 그 이론을 바탕으로 또 다른 새로운 바탕

이 되는 이론으로 도약하려는 의지가 요구되는 것이 수필계의
보다 바람직스러운 길이지 싶다.

　당연한 언급이지만 수필 또한 세계를 참신하게 보고 발견하
고 인식하는 문학이다. 언제까지나 나긋나긋하고 정감이 물씬
거리는 분위기만 찾아 수다 떠는 이야기 문학은 아니다. 세계
의 근원 깊이 파고들어 그 세계의 다양하고 진실한 모습을 발
굴/발견하는 일에 수필문학의 길을 다잡아야 하는 형편이다.
하지만 현실은 그러지 못한 것 같다.

　수필은 물론 서사문학이다. 그렇다고 시종일관 그다지 의미
없는 이야기만으로 충족되는 것이 아닌 서사 속의 서정, 지성
속의 감성이라는 옹이를 찾아 종횡무진 수필의 단단한 광맥을
엮어 나갈 때 비로소 수필다운 수필의 모습이 보이지 않을까
싶다. 함으로 부단한 횡설수설이 요구되기도 한다. 조리 없이
마구잡이로 엮어나가는 횡설수설이 아닌 가로 세로 엮은 망網
으로 뜻하고자 하는 진술의 주제를 포획하는 횡설수설이 요구
된다. 수필은 더 이상 노변한담爐邊閑談으로 안주하려는 문학이
아니다. 보다 치열하게 대상을 참신하게 밝혀내고 그 의미를
포착하려는 저력 있는 진실탐구를 위한 문학이다. 그 노력에
의하여 수필은 보다 새로워지는 모습을 갖는다. 새로워짐에는
내일로 지향하는 웅숭깊은 의지를 동반한다.

　이런 처지에 수필가 라성자의 수필집『그냥 표류하다』에서
오붓한 수필문학의 의미를 짚어낼 수 있다는 것은 참으로 바람
직스럽고 반가운 일임에 틀림없다. 그것은 수필가 라성자의 깊
은 투시안과 혜안으로 인한 결과물임을 엿볼 수 있다.

손가락 사이로 빠져나간 시간의 표상

수필가는 쓸쓸하다. 한 줄의 참신한 문맥을 찾으려는 노력은 혼자만이 누릴 수 있는 고독의 심연에서 세계를 보는 혜안을 갖기 때문이다. 고독해야만 세계의 참다운 모습을 발견하고 이를 새로운 고독의 모습으로 승화시키는 예지를 갖는다. 이른바 군중 속의 고독이라는 것 또한 군중 속에서 갖는 혼자만의 외톨이라는 공연한 일종의 피해의식 같은 것임에 틀림없다. 그 피해의식에서 벗어나고자 고독은 몸부림친다. 함으로 고독은 고독만이 아닌 새로운 길을 모색하려는 처절한 안간힘이다.

수필가는 그 고독을 향유함으로써 진정한 수필의 길이 무엇임을 절감한다. 고독하고자 고독한 것이 아닌 뼛속 깊이에서 우러나오는 고독이라는 질병에 시달리고 이를 극복해 나갈 때 비로소 고독은 수필가의 참다운 아름다움이 된다.

수필가 라성자의 창작 작업은 고독의 심연에 뿌리를 내리고 그 뿌리에서 고독이라는 나무가 성장한다. 고독은 아무나 값싸게 누리는 것이 아니기 때문에 의미 있는 정정한 나무다. 수필의 대상인 세계와 부딪치고, 그 힘든 세계를 정복하려는 의지에서 참다운 고독은 시작된다. 함으로 전력을 다하는 대상과의 힘겨루기에서 대상을 굴복시킨 그 뒤란을 소요하며 비로소 고독의 의미를 마음 깊이 새기고 담는 비장미를 갖는다.

표류하고 있다. 심연에 남아 있던 동심도, 어떤 기다림도, 이제껏 보고들은 모든 것들과, 악의 없는 거짓말과 가슴속에 차례를 기다리며 앓는 꿈들이, 마음을 유목해도 좋았던 시절과 불가능을 조율하려 애쓰던 삶의 조각들도, 상서로운 내 인생의 깃발도…….

– 「표류하다」 부분

모든 것을 놓아버리는 것은 아니다. '지금껏 나를 받쳐주던 영혼과 건강하게 함께 할 수'있는 길을 다시 되짚어보려는 의지로 찬 진술이다. '표류'는 회복을 위한 표류이지 그냥 막연하게 떠도는 표류가 아니다. '가슴 속에 차례를 기다리며 앓는 꿈'은 그 꿈을 다시 일으켜 세우려는 의지로 오히려 아름답다. 표류하는 모든 것을 되찾으려는 의지/정신의 다짐이며 그 안간힘이다.

그런 심정으로 아들네 식구들과 어울리면 표류하는 것을 되찾을 수 있으리라 믿는다. 그러나 뜻밖에도 '대학생인 손녀와 고등학생인 손자'와는 '세대 간의 격차'를 느낀다. 그 격차는 어디서 오는가. '그들은 여전한데 내 생각의 바다에 해일이 일어나고 있'음을 문제 삼는다. 함으로 '세월에 떠밀려 손가락 사이로 빠져나간 시간들의 이간질로 우리의 영혼이 부식될 수 있음을'(상동/부분) 몰랐음에 새삼 놀란다. 그러나 '부식'은 단순한 부식만이 아니다. 부식 뒤에 따르는 새로운 틈새가 생명을 위한 새로운 출발을 꾀하는 근원이 된다. 그것은 곧 탈출에서 또 다른 세계와 부딪치는 놀라움을 보게 된다.

그 놀라움은 '얼마 전 학교 동기모임에서 참 서글픈 이야기를' 듣는다. '옛 소련 대통령 고르바초프 이름이 초코파이라고 우기는 친구, 아들 차를 타면서 신발을 벗어놓고 차에 올라 신발을 잃어버렸다는 친구'들과의 대화는 '한심스러운 현실만이 저들을 위협하'는 현실이다.

이것이 세월이다. 이렇게 진술한다면 그처럼 무책임한 언급은 나이 들어가는 세대를 서글프게 한다고 보겠다. 현실은 냉엄한 현실로 받아들이면서 그 현실과 타협하면서 각자가 지배하는 현실로 인식하며 극복해 나가는 것이 좋을 것이다. 현실을 기피할 때 더 난감한 현실이 목전에 와서 버티고 설지도 모른다. 하기에 수필가 라성자는 '괜찮다 괜찮다 하는 세월에 떠밀려 손가락 사이로 빠져나가 시간들의 이간질로 우리의 영혼이 부식될 수 있음을' 스스로에게 경고하면서 타이른다.

나는 '그냥'이라는 단어가 좋다. 사전적 의미는 있는 그 모양 그대로, 본래대로 되어 있다. 어떤 사연으로 상대가 집요하게 따질 때, 대화에 난감할 때, 피난처가 되는 곳이 그냥이다. 궁색함에 써먹는 비상약이다. 더 무엇도 허용할 수 없는 선긋기다. 생각의 가지들을 잘라내고 편안한 마음을 갖게 하는 말이 그냥이다. 눈에 들어온 만큼만 친하면 되고, 세상 사는 지혜가 쌓였다면 풀어내어 쓰면 된다. 맑고 잔잔한 여백이 숨어 있는 말이다. 그냥 그렇게.

－상동 부분

언어를 활용하는 지혜가 예사롭지 않다. 덩달아 언어를 감각화 하는 힘이 크다. 막힌 언어를 뚫어나가는 힘을 '그냥' 이라는 언어를 활용하여 지렛대 노릇을 한다. 무엇을 꼬치꼬치 따지고 들 때의 방어수단은 '그냥'이 훌륭한 역할을 또 한다. 그냥은 그냥만이 아니다. 그냥 속에는 난감한 처지를 구제하는 힘이 있다. 그냥은 슬기로운 표류이면서 다시 뭔가를 포착하려는 힘의 원천이 된다. 그 속에는 복잡하게 얽힌 것을 간소하게 끌어나가려는 사유가 있다. 함으로 그냥은 난감함을 구제하는 의미 있는 언어행위란 것을 짐작할 수 있다.

  머리는 계산을 하지만 마음은 순결하다. 마음 보자기가 가볍고 담백해야 간소한 삶을 즐길 수 있을 것 같다. 감성의 홈을 파던 사유도 느긋해져야 헐렁한 여유도 생길 것이니, 애써 잠가둔 안전핀이 순식간에 빠져나갈 수 있는 나이가 아닌가.
  월든 호숫가에서 오두막을 짓고 간소하게 살았다는 소로우, 무소유를 수행의 덕목을 삼았던 법정스님의 간소한 생애, 감히 넘볼 수 없는 경지다.
  내 안의 간소하게 더 간소하게는 어떤 모습일까.
                                            - 「간소하게」 부분

  간소한 삶이란 깨끗한 삶의 다른 말이기도 하다. 함으로 수필가 라성자는 소로우의 삶과 법정스님의 삶에서 간소하게 사는 길을 익히려는 의지가 있다. '머리는 계산을 하지만 마음은 순결하다'에서 보듯이 순결한 마음을 위한 계산을 한다. 덩달아 '마음 보자기가 가볍고 담백해야 간소한 삶을 즐길 수 있'는 생활신조에 차 있다. 허욕 허식을 모르는 수필가의 삶의 정신을 엿볼 수 있는 구절에 숙연해진다. 그런 터에 수필가는 스스로 허술해지기 쉬운 마음을 다시 다진다. '애써 잠가둔 안전핀이 순식간에 빠져나갈 수 있는 나이'란 것에 방점을 치듯 한다. 자경문自警文이라고 할까.

> 가끔은 외로울 때도 있다. 형체도 없는, 단지 느낌만으로 가슴 한쪽을 젖게 하는 그 알 수 없는 존재에 대하여 적인 듯 동지인 듯 아리송하다. 적당한 외로움은 자신의 속됨을 일깨우고 살피는 계기도 된다. 외로움을 타는 것도 위로를 받고 싶어 하는 것도 모두가 마음의 조화다. 달의 숨소리를 듣고자 하는 무심으로 속 뜰을 가꾼다면, 외로움도 위로도 허상일 뿐이다.
>
> – 「달, 숨소리」 부분

수필가 라성자의 작품 속에는 끈질기게 삶을 관통하는 철학이 있다. 철학을 찾아 굳이 여기저기 기웃거리지 않아도 라성자의 수필 속에 철학이 살아 있음을 위 구절에서 넉넉히 읽어볼 수 있다. '외로움을 타는 것도 위로를 받고 싶어 하는 것도 모두가 마음의 조화'라고 하는 데서 라성자의 철학관을 더 깊이 짚어볼 수 있다.

철학을 멀리서 구하려고 할 때 철학은 없다. 가장 가까운 곳에서 삶의 이런저런 면모를 보고 느끼는 가운데 삶의 철학이란 것이 빛을 발한다. 그런 점 수필에 철학이 있고 철학 속에 수필이 있음을 깨닫게 된다. 그리스의 철학자 디오게네스는 세상의 빛을 찾아 대낮에도 등불을 들고 다녔다고 한다. 그것은 대낮 밝은 곳에서도 잘 보이지 않는 세상의 진리를 찾으려는 철학자의 진리탐구 정신을 말한다고 보겠다. 그걸 단순한 기행奇行이라고 한다면 진리/진실을 탐구하려는 철학자의 정신을 잘못 읽는 일이 될 것이다. 진리는 진리의 피막을 벗기고 그 속의 핵을 찾으려는 노력 속에 저장된다. 껍질만 보고 진리를 깨달았다/알았다고는 할 수 없는 일이다. 그 깊이를 아는 수필가의 사고력은 진리 속의 진리를 자각한다.

희열이라는 그림이 있는 삶

삶은 경직된 것만이 아니다. 때로는 유연한 삶의 구비에서 삶 속의 아름다움을 구한다. 그렇듯 라성자 수필은 외면이 아닌 내면 속의 내면을 천착하고 그걸 새로운 삶의 모습으로 환원시키고자 하는 의지로 가득 찬다. 시인 신동엽은 「껍데기는 가라」고 일갈한다. 가짜가 진짜를 뺨치는 세상에서 진짜는 고개를 들지 못한다. 그런 점 수필가 또한 진짜를 진짜이게 일깨우는 말을 놓치지 않는다.

> 툇마루에 앉아 포플러나무 우듬지에 앉은 흰 구름을 본다. 울적한 마음이거든 옛집으로 떠나보라고 말하고 싶다. 어느 때 찾아가서 몸을 풀어놓아도 상처 하나 받지 않을 것 같은 푸근함, 다시 찾아드는 철새처럼 나는 알고 있다. 오래된 옛집에선 아무 말도 하지 말아야 한다는 것을. 그리고 과거의

나와 결별하고 싶을 때 서둘러 떠나지 않아도 된다는 것을. 나
뭇결이 다 드러난 기둥에 기대어 나의 쓸쓸함을 읽어내면 그
만인 것을 나는 알고 있다.

– 「그립다 말을 할까」 부분

라성자 수필의 백미라고도 할 수 있는 또 다른 구절이다. 무
위무념無爲無念의 아름다운 경지가 보이는 구절에 탄성을 보내
고 싶은 마음은 해설자의 생각만은 아닐 것이다. '오래된 옛집
에선 아무 말도 하지 말아야 한다.' '과거의 나와 결별하고 싶을
때 서둘러 떠나지 않아도 된다.' '나뭇결이 다 드러난 기둥에 기
대어 나의 쓸쓸함을 읽어내면 그만인 것을'이라고 짐짓 속말로
하는 이 구절에서 수필가의 심중 깊은 진솔한 심정토로를 깨달
을 수 있다. 이것이 수필이다. 수필이란 이런 것이다, 아니 저런
것이다 하고 열 마디 백 마디로 말하지 않아도 수필의 진수를
읽고 느끼는 구절이 여기에 또 있음을 반기지 않을 수 없다.

찬바람이 창문 틈새를 파고드는 동지 즈음에 안방 창가에
병풍을 두르고 한겨울을 아늑하게 지낸다. 장식용이거나 무
엇을 가리고자 함은 아니고 찬 기운을 피하고 외로운 바람을
막는 의미도 숨어있어 위로가 된다.
　세월이 허물어져 창살에 쌓이는 밤, 적막한 어둠의 무게에
눌려 답답한 시간이면 방안 가득 불을 밝히고 병풍에 그려진
산수화 속으로 들어간다.

– 「병풍, 묵향」 부분

고즈넉한 멋과 운치라면 잘못 짚은 말이 되겠다. 그러나 문맥의 흐름으로 보아 흔히 입에 올리는 조선여인의 향기로운 풍모를 떠올리기에 안성맞춤이다. 그것을 짚어볼 수 있는 구절이 여기저기 깔려 있다. '찬 기운을 피하고 외로운 바람을 막는' 대목에서 겨울바람의 쓸쓸함을 넌지시 짚어내고 있음이 새롭다고 하겠다. '방안 가득 불을 밝히고 병풍에 그려진 산수화 속으로 들어'가는 겨울밤의 아늑한 분위기는 맛깔스런 고요를 감지케 한다.

이처럼 라성자 수필세계는 정중동靜中動과 동중정動中靜을 읽는 맛이다.

> 세월은 오는 것도 가는 것도 아닌 것 같다. 그 세월 속에 있는 사람이 사물이 형상이 오고 가는 것이다. 철학자들의 표현에 의하면 시간 자체는 존재하는 것, 흐르는 것도 아니고 그냥 있는 것이라고 한다. 나 자신이 시간 속에서 오고 가는 것이다.
>
> ─ 「엉뚱한 생각」 부분

아직도 나 자신의 삶의 속도를 찾지 못하고 불안하고 허둥댈 때도 있다. 때로 감성, 본성에 따라 행할 때도 있어 말이다. 엉뚱한 생각은 나이도 초월하는 것 같다. 성형외과를 들락거리는 것보다 다른 사람 앞에서 구차한 주접이나 곱잖은 행티를 떨지 말고, 나이를 핑계로 주책을 정당화하려는 억지를 부리지 않는 것이 나이를 절약하는 길이지 싶다. (중략)

지금 창밖에 내리고 있는 비의 시간이 수직이라고 말할 수 있는 이 순간이 좋다.

– 상동

시간에 대해서는 많은 사색가들이 나름대로의 언급을 한다. 로마의 시인 베르길리우스에 따르면 '시간은 만물을 운반하는 것이다.' 수필가 라성자의 경우 '창밖에 내리고 있는 비의 시간이 수직이라고 말할 수 있는' 순간의 행복함과 인식을 끌어낸다. 하나하나의 사물/사건은 하나하나의 추억이라는 시간을 끌어온다. "그 안에 내 그림자는 아련했겠지. 다른 의미가 없고 만남 그 자체에 생각을 두었을"(「시월에 만난 사람」부분) 시간이 있는가 하면 "세월은 그렇게 한가하지 않다"(상동)라고 하는 시간은 모두 흘러간 시간의 액자 속에 고스란히 남는다.

밖으로 치닫던 생각의 가지들을 불러들여 안으로 삭이는 사유의 계절, 허허로운 마음길 따라 찾아온 옛집, 마당가에는 접시꽃과 족두리꽃 분꽃들이 국화의 눈치를 보고 있다. 이 꽃들의 이미지를 닮아가던 그 옛날 소녀는 모시박 같은 흰머리를 이고, 시간의 강 너머로 부침浮沈을 거듭하는 기억의 강가에 서 있다.

– 「그립다 말을 할까」 부분

아주 지나가서 되돌아오지 않는 시간과 되돌아와서 목전에 고스란히 나타나는 시간도 있다. 그것을 역사라는 말로 처리해 버린다. 그렇다면 역사는 시간을 읽고 배우는 일이다. 시간 속에 부침하는 역사는 시간을 지배하고 지배당하는 사람의 일을 주인공으로 삼는다. 함으로 시간 속에는 인간이 있다. 인간에 의한 인간을 위한 시간이라면 인간은 시간과의 관계식 속에 놓여 있다. 함으로 '흰 머리를 이고, 시간의 강 너머로 부침을 거듭하는 기억의 강가에 서 있'는 시간과의 등식인 인간의 모습이다.

감각주의자로서의 세계인식

수필가 라성자의 언어는 감각적 미학이라는 측면에서 다룰 수 있다. 이것은 수필을 허투루 쓰지 않으려는 깊은 사유와 노력에 따른 결과물이다. 그 보기를 우선 몇 가지 들어보기로 한다.

* 나는 '그냥'이란 단어가 좋다.(『표류하다』)
* 그녀의 머릿속 내비게이션이 고장 난 건 아닐까.(『어떤 반란』)
* 길은 직선과 곡선이 있다. 직선은 통쾌한 기분도 있지만 냉혹하고 비정한 면도 있다. 곡선은 여유와 인정과 운치가 있다.(『어떤 반란』)
* 사랑이라는 복잡한 감정의 회로에 윤활유가 남아 있었다는 것에 다행이란 신호를 보내고 싶다.(『어떤 반란』)
* 나는 커피를 마실 때 잔을 자주 바꾸는 변덕이 살짝 있다.(『소소다실』)
* 찻잔을 씻고 찻물을 끓이는 이 사소함이 나는 좋다.(『소소다실』)

* 사월 열사흘 모란이 문을 활짝 열었다.(「소소다실」)
* 나 혼자라고 만만히 보고, 집안을 장악하고 으스대던 침묵(「만나고, 헤어지고」)
* 그리움은 슬픔을 달래는 원기소 같은 것인가.(「만나고, 헤어지고」)
* 시어머님이 부채를 들면 여름이 왔다.(「갈림길에 서다」)
* 모기도 늙으면 의식이 희미해져서 분별을 못하거나 멍청해지는 모양이다.(「커튼」)
* 무료한 일상에 새콤달콤한 발상의 전환이 필요하다(「엉뚱한 생각」)
* 나는 번호 없는 수인이다.(「엉뚱한 생각」)
* 처음이자 마지막의 손을 잡았다. 다음이란 생각에는 여지가 없다. 세월은 그렇게 한가하지 않다.(「시월에 만난 사람」)
* 조각보 같은 들판에 겸손하게 고개 숙인 벼들의 풍성한 결실에 내 마음도 숙연해진다.(「그립다 말을 할까」)
* 가끔은 고인 물 같은 내 일상에 지루함을 느낄 때도 있었다.(「508호」)

무작위로 적어본 참신한 미학의 산물이다. 수필가 또한 언어의 탐구자라는 말이 위에 든 보기에서도 여실히 드러난다. 그것은 새로운 발언에서 얻을 수 있는 사색의 결과물이다. 아무리 많은 문장을 쓰고 아무리 좋은 표현을 한다고 치더라도 '새로운 말'이 없을 때 그것은 낡은 수법에 지나지 못한다. 다른 수필가의 입에서 미처 나오지 못한 발언을 하는 것이 수필에서 요구된다면 라성자 수필가의 언어는 그런 점 수필문학 언어운용의 첨단을 달리고 있음이 틀림없다.

라성자 수필을 읽는 묿은 라성자 미학개론을 읽는 일이다. 그처럼 참신한 수필의 영역을 미학이란 영역으로도 처리하는 수필관은 아무튼 참신하다.